La amenaza de los colosos

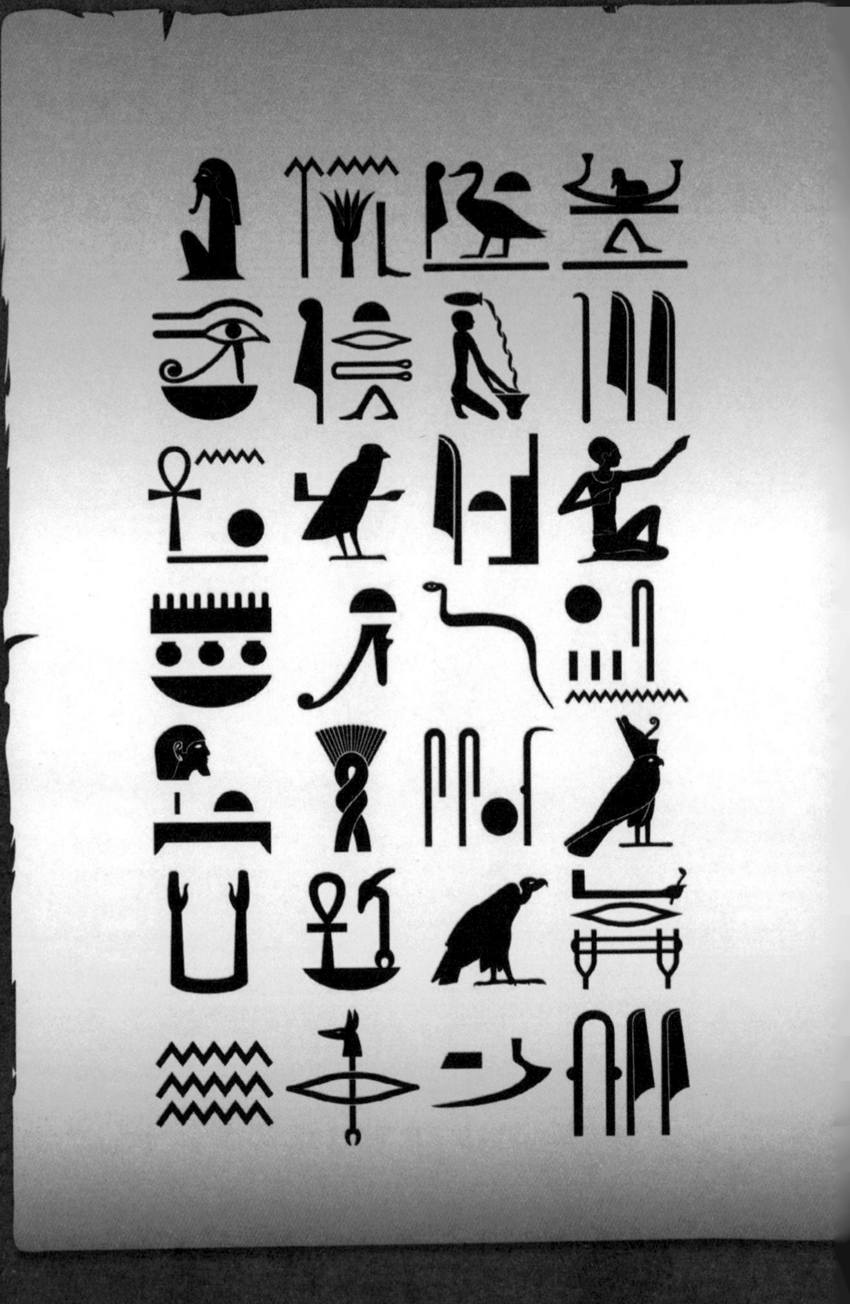

LIBRO 4

LA AMENAZA DE LOS COLOSOS

THROP

LIBRO 4

LA AMENAZA DE LOS COLOSOS

Traducción de Victoria Simó Perales

PUCK

Argentina – Chile – Colombia – España
Estados Unidos – México – Perú – Uruguay – Venezuela

Título original: *Tombquest - Book 4 – The Stone Warriors*
Editor original: Scholastic Inc., New York
Traducción: Victoria Simó Perales

1.ª edición Abril 2017

Copyright © 2016 by Scholastic Inc.
All Rights Reserved
Tombquest and associated logos are trademark and/or registered
trademarks of Scholastic Inc.
© de la traducción 2017 *by* Victoria Simó Perales
© 2017 *by* Ediciones Urano, S.A.U.
Aribau, 142, pral. – 08036 Barcelona
www.mundopuck.com

ISBN: 978-84-96886-63-6
E-ISBN: 978-84-16990-08-5
Depósito legal: B-3.427-2017

Fotocomposición: Ediciones Urano, S.A.U.

Impreso por: Rodesa, S.A. – Polígono Industrial San Miguel
Parcelas E7-E8 – 31132 Villatuerta (Navarra)

Impreso en España – *Printed in Spain*

Al equipo de TombQuest:

Se requiere la participación de muchas personas brillantes para crear un libro, y un número aún mayor para conseguir que ese libro llegue a manos de los lectores. Cuando se trata de una saga de aventuras épicas como esta, el autor no es sino la punta de la pirámide, y me siento afortunado de trabajar con el equipo del siglo.

Índice

En fuga

Corriendo a toda mecha por una ciudad desconocida, Álex Sennefer echó un vistazo fugaz a su espalda. ¿Todavía los estaban persiguiendo los guardas del museo? ¿Se había unido la policía a la persecución? Al principio, únicamente alcanzó a ver una calle ancha de amplias aceras, iluminada por farolas a intervalos regulares y salpicada de transeúntes nocturnos. Y entonces oyó un grito, alto y claro:

—*Halt!*

Apareció un guarda doblando la esquina entre revoloteos de corbata y fuertes pisotones contra la acera.

¿Irá armado?, se preguntó Álex. *¿Habrá más guardas persiguiéndonos?* Se volvió a mirar a su mejor amiga, Renata Duran, que corría a su lado.

—¡Tenemos que abandonar esta... —jadeó Álex con la lengua fuera— calle... —resopló— y escondernos!

—¡Sí! —respondió Ren. Tenía doce años, igual que Álex, pero era menuda para su edad y sus cortas piernas debían esforzarse a tope para mantener el paso de su amigo—. ¿Por dónde?

A mano izquierda había un parque amplio y oscuro, una desierta extensión de hierba podada y frondosos arbustos rodeada de una alta verja. Alex observó la valla buscando alguna entrada, pero luego cambió de idea. Una verja los protegería... pero también podía cortarles la huida.

Cruzando la calle, a mano derecha, se abría un largo tramo de acera desierta y tiendas cerradas.

—¡A la derecha! —gritó Álex.

—Bien —asintió Ren—, pero todavía no...

Álex volvió la vista atrás. Ahora un segundo guarda corría pegado a los talones del primero.

—¿Estás segura? —preguntó el chico.

—¡Espera! —insistió Ren.

—¿Por qué? —se extrañó Álex. En aquel momento, oyó un rumor lejano.

—¡Sigue corriendo!

Álex giró la cabeza y vio la luz de un faro, potente y aislado, en el centro de la calzada. Los raíles de acero que recorrían la calle reflejaron la luz, que ganaba intensidad por momentos. Era un tranvía que avanzaba de frente.

—¡Ya lo pillo! —gritó Álex. Los dos amigos abandonaron la acera y siguieron corriendo por la calzada, directamente hacia el vagón que se aproximaba. Sonó el claxon del tranvía: una señal estridente y crispante.

Los guardas, cada vez más cerca, les gritaban en alemán:

—*Halt! Vorsicht!*

No obstante, Álex apenas los oía mientras corría como una bala pegado a Ren, siguiendo el curso de los mortíferos raíles de acero. El claxon volvió a sonar y varias voces gritaron advertencias conforme el enorme vagón rugía cada vez más cerca. Si Álex tropezaba, las pesadas ruedas de acero lo cortarían por la mitad.

Sin embargo, con un par de zancadas rápidas y cuidadosas, Ren y él dejaron los raíles atrás.

El tranvía pasó zumbando junto a ellos. A través de las ventanas, unos cuantos pasajeros observaron boquiabiertos a la temeraria pareja.

Para cuando el tranvía empezó a alejarse, los dos amigos habían desaparecido. En la calle volvía a reinar el silencio, y los guardas, doblados sobre sí mismos y con las manos apoyadas en las rodillas, jadeaban pesadamente al mismo tiempo que escudriñaban las diversas calles adyacentes. Los intrusos habían huido por alguna de esas callejuelas. Pero no sabían por cuál.

—Me parece que los hemos despistado —resolló Ren mientras seguían corriendo, ahora por una calleja llamada Robert Stolz Platz. La vía desembocaba en un pequeño parque carente de rejas, y los amigos bordearon el oscuro lindero.

—Genial —resopló Álex. Echó un breve vistazo a su espalda antes de aminorar la marcha—. Ya podemos declararlo oficialmente: nos hemos perdido.

Doblaron a la izquierda por otra calle que exhibía el imposible nombre de Nibelungengasse y dejaron de correr para seguir andando a un paso rápido.

—Sí —dijo Ren. Sin parar de resollar, observó el pasaje en ambos sentidos—. En serio. ¿Dónde estamos?

Álex sabía que su amiga no preguntaba por la calle en concreto, ni siquiera por el barrio. Se refería a la ciudad. Al país. Habían llegado hasta allí a través de una puerta falsa, un antiguo portal ceremonial egipcio que, inexplicablemente, los había transportado del Valle de los Reyes en Egipto a una segunda entrada ubicada en la sección egipcia del museo arqueológico de alguna ciudad… pero no sabían cuál.

Álex y Ren llevaban varias semanas persiguiendo dos objetivos: a la madre de Álex y los poderosos Conjuros Perdidos del Libro de los Muertos egipcio. La madre del chico había empleado dichos conjuros para devolverle la vida a su hijo, que en aquel entonces yacía conectado a una máquina en la cama de un hospital de Nueva York. Pero al hacerlo, había abierto un umbral al más allá, y las siniestras entidades antiquísimas conocidas como los Caminantes de la Muerte habían logrado escapar. Tras eso, tanto los Conjuros como la madre de Álex se esfumaron, y Alex y Ren habían viajado por medio mundo tratando de encontrarlos.

Sin embargo, no eran los únicos que los buscaban. Los letales acólitos de la Orden andaban tras ellos también y seguían de cerca a los dos amigos allá donde iban. Álex y Ren sabían que el malvado culto cooperaba con los Caminantes en una funesta conspiración a gran escala. El último Caminante había hablado de *gobernar* junto con la Orden. Fuera lo que fuese lo que tramaban, se trataba de algo gordo, y si el culto encontraba los Conjuros antes que ellos, los Caminantes de la Muerte serían imparables y el mundo entero sufriría las consecuencias.

En las sombras de la noche, Álex se estremeció, pero cuando miró a un lado y a otro descubrió una escena mucho menos sombría. La luz de las farolas combinada con los rayos de luna proyectaba un fulgor tenue sobre los edificios circundantes, revelando así una arquitectura anticuada y hermosa.

—Qué bonito —comentó Ren.

—La ciudad entera parece una tarta decorada —asintió Álex. Señaló un edificio cercano con un gesto de la cabeza. Estaba pintado de un verde pastel que, en efecto, recordaba a un glaseado. Se acordó de una exposición que viera una vez en el Museo

Metropolitano de Arte de Nueva York, la institución en la que trabajaba su madre antes de su desaparición.

—¿Es, o sea, art déco? —preguntó.

Ren sacudió la cabeza con expresión de reproche.

—No seas ignorante —respondió—. Es art nouveau.

—Vaya, pues claro —replicó él con sarcasmo, pero no puso en duda la palabra de su amiga. Álex era consciente de que Ren entendía mucho más de arte que él. Su padre era un reputado ingeniero que trabajaba en el Metropolitano, uno de los colegas de mayor confianza de la madre de Álex, y ella había heredado el amor de su progenitor por los ángulos elegantes y los edificios sólidos.

—¿Qué ha sido eso? —preguntó asustada la chica. La pregunta cortó en seco los pensamientos de Álex.

—¿Qué ha sido qué?

—Me ha parecido ver algo deslizándose entre esos edificios —señaló Ren—. No sé, una especie de sombra.

Álex siguió la trayectoria del dedo con la mirada pero no vio nada.

—Estamos en plena noche. Hay sombras por todas partes.

Nuevas voces resonaron por la pequeña calle. Un perrito blanco dobló la esquina y dos personas aparecieron tras él.

—¿Por qué no les preguntamos dónde estamos? —propuso Álex.

—¿Crees que podemos fiarnos de ellos? —dudó Ren.

Álex comprendía su desconfianza. Esa noche ya habían sufrido una traición. Todavía veía a su primo plantado bajo la luna del desierto y gritando: «¡Aquí!», para señalar su posición al violento culto a la muerte. Y aún no se podía creer que su propio primo trabajase para la Orden… Sin embargo, una segunda ojeada a la pareja de mediana edad que se aproximaba lo tranquilizó.

—Están paseando un shih tzu —observó—. No es un perro de presa, que digamos.

Llamó por señas a la pareja: un hombre y una mujer vestidos con ropa informal pero calzados con elegancia.

De momento, los carteles (y los gritos) parecían indicar que se encontraban en Alemania, pero no tenían más pistas acerca de su paradero. Por suerte, la familia materna de Álex procedía de ese país.

—*Hallo!* —gritó él. Esa parte se la sabía—. *Wo*, hum, *sind wir*?

¿Dónde estamos? ¿Lo había dicho bien? De eso no estaba tan seguro, y deseó hablar el alemán fluido y suave que su madre empleaba cuando llamaba por teléfono a la abuela.

Sonriendo, el hombre que sujetaba la correa respondió con una rápida parrafada en alemán que dejó a Álex a cuadros.

—*Ich spreche nur ein bisschen Deutsch* —replicó Álex, y se encogió de hombros como pidiendo perdón. «Únicamente conozco unas pocas palabras de alemán».

Exhibiendo una sonrisa paciente, la mujer respondió esta vez en un inglés preciso.

—Eres americano, ¿sí? Estáis en Nibelungengasse.

Ahora intervino Ren.

—No nos referimos a la calle —aclaró—. Queremos saber en qué ciudad estamos.

Los dueños del perro intercambiaron sonrisas rápidas y desconcertadas. Incluso el perro, que los miraba con la lengua fuera, pareció compadecerse de ellos.

—Estáis en Viena, por supuesto —dijo el hombre—. Viena. ¿Os podemos ayudar en algo? ¿Os habéis… perdido?

—No, no —respondió Álex—. Pero gracias.

La pareja del perrito prosiguió su camino, pero algo muy extraño sucedió cuando Álex se dio la vuelta para dedicarles un tímido gesto de despedida. Creyó ver una sombra, igual que Ren, como una cinta de noche que cruzara a toda prisa el halo de luz de una farola.

—¡Hala, Viena! —se maravilló Ren, mirando a su alrededor como si lo viera todo por primera vez.

—Esta ciudad debe de estar a miles de kilómetros del Valle de los Reyes —observó Álex—. Y hemos recorrido toda esa distancia en algo así como un minuto.

Recordó la desesperada carrera de ambos por un paraje turbio y extraño… ¿De verdad habían viajado por el más allá?

En la mente de Álex se atropellaban preguntas trascendentes, desconcertantes realidades, pero ahora mismo tenía preocupaciones más inminentes. Mientras sus ojos escudriñaban los oscuros confines de la calle, notó cómo el antiguo escarabeo que llevaba colgado del cuello se calentaba contra su piel. Era una advertencia: la muerte acechaba por allí cerca.

—Deberíamos buscar refugio para pasar la noche y tal —sugirió.

De golpe y porrazo, quería estar en alguna parte que no fueran las tétricas calles de una ciudad desconocida. Rebuscó en el bolsillo de los vaqueros, pero tan solo encontró un puñado de billetes egipcios. Papel mojado. ¿De qué servía el dinero egipcio en la capital de Austria?

—A lo mejor nos lo cambian mañana en alguna parte, cuando abran las tiendas —propuso Ren.

—A lo mejor —repitió Álex distraído. Tenía los ojos clavados en un rincón que, por alguna razón, parecía más oscuro que el resto.

Lo que a él le preocupaba era la noche que tenían por delante.

II

Una sombra de duda

Un ratito después, se habían refugiado en un parque vallado. Las luces de la ciudad se iban apagando una a una a su alrededor conforme avanzaba la noche.

—Ojalá hubiéramos traído las tiendas de campaña —suspiró Álex a la par que buscaba una postura que le permitiera esquivar las raíces de los árboles. El parque era bonito y frondoso, y estaba limpio (al igual que toda Viena, por lo que parecía) pero seguía siendo un paraje oscuro y desprotegido. Y Álex tenía también otras preocupaciones. Con cada ráfaga de viento que azotaba los árboles, las sombras parecían desplazarse por todas partes.

—Bueno, las tiendas se han quedado en Egipto —lo cortó Ren—. Esto es todo lo que tenemos. —Plantó la pequeña mochila en la hierba y hundió la mano dentro. Cuando encontró la linterna, la encendió y la apagó rápidamente—. ¡Todavía funciona!

Álex descorrió la cremallera de su propia mochila y hurgó por el interior buscando la otra linterna. Notó la camiseta chamuscada que se había cambiado hacía un rato, la lisa cubierta de su pasaporte y luego un montoncito de arena que se había deslizado al fondo del saco.

—¿No te parece increíble que hace nada estuviéramos en el desierto? —preguntó a la vez que asía por fin el mango de la linterna.

—Apenas puedo creer nada de lo que ha pasado —replicó Ren—. Básicamente hemos traspasado una puerta pintada en una piedra en Egipto y hemos salido por otra en Austria. Y me doy cuenta de que la única explicación posible me obliga a aceptar que hemos viajado por la otra vida. Pero es que no me lo puedo creer. Me pone los pelos de punta.

Álex la estaba escuchando, pero también observaba la noche. Y entonces tuvo la misma sensación que hacía un rato. Fue igual que si la oscuridad se fundiera en una pincelada de negrura aún más profunda. Dirigió la linterna hacia esa zona y la encendió. Pero el haz de luz se proyectó directamente sobre el tronco de uno de los dos árboles que les servían de refugio.

—¿Qué haces? —le preguntó Ren.

—Nada. Supongo que yo también estoy asustado.

Ren miraba a Álex con atención. Su rostro era un óvalo gris recortado contra la noche.

—¿Crees que todo va bien? —le preguntó ella—. O sea, si hemos viajado por el otro mundo… ¿significa eso que hemos estado… bueno… muertos?

Álex negó con la cabeza.

—No lo creo. Me parece que solo hemos estado, o sea, de paso. Debe de ser algo que los amuletos nos permiten hacer.

Echó un vistazo al ibis egipcio de su amiga, la pálida figura de un pájaro blanco que reflejaba la luz de la luna con suavidad. Notó el peso de su propio escarabeo en el cuello.

—Bueno, si tú lo dices será verdad —opinó Ren, antes de añadir a toda prisa—: O sea, porque hace más tiempo que yo que tienes el amuleto, no porque…

Álex asintió. Ya sabía a qué se refería su amiga. No porque él ya hubiera estado muerto.

No porque su madre hubiera liberado a la muerte sin querer, para que él pudiera seguir viviendo.

Mamá.

El pensamiento lo aplastó como una avalancha: frío y enorme. Habían dado con el rastro de la madre de Álex en el Valle de los Reyes. Habían estado a punto de alcanzarla... y ahora, pocas horas después, todo un continente los separaba de ella. Era injusto, y frustrante. No sabía de qué huía su madre. Siempre había cuidado de él, siempre había sabido qué hacer. ¿A qué venía eso de abandonarlo ahora? Álex no lo entendía. Pero tenía que encontrarla. Y no solo para disipar estas dudas que lo atormentaban, sino también porque los Conjuros que su madre llevaba consigo ofrecían el único medio existente para detener la maldad que se extendía por todo el planeta.

Una imagen cruzó fugaz por su pensamiento: la caligrafía de su madre en el libro de registros gubernamental del Valle de los Reyes. Había firmado con un nombre falso, uno que Álex conocía bien: Ángela Felini, una de las niñeras que lo habían cuidado en la niñez. Sin embargo, nadie cuidaba de él ahora mismo, ni su madre ni Ángela, que se había mudado a Alexandria, Virginia, muchos años atrás. Y Álex se sentía ahora el único responsable: de sí mismo y de todos los problemas que había causado.

Ren cortó el hilo de sus pensamientos.

—Deberíamos llamar a Todtman.

El doctor Ernst Todtman era el cabecilla de aquel grupo inverosímil, y la última vez que lo vieron todos estaban en El Cairo. No habían vuelto a tener noticias del misterioso sabio alemán desde que se separaran para poder cubrir más territorio.

—Sí, tienes razón —concedió Álex. Buscó en su bolsillo el teléfono desechable; lo que Ren llamaba su «móvil espía». Lo conectó y echó un vistazo a la pantalla. Había desviado las llamadas de su propio teléfono a este —por si su madre intentaba contactar con él— pero no vio ninguna «perdida». Y ahora apenas si le quedaba batería.

—¿Crees que nuestros teléfonos funcionarán también aquí?

—Puede ser. Funcionaban en Londres y en Egipto. Todtman debió de pedir, no sé, un plan internacional cuando los compró.

Álex marcó, pero su llamada fue a parar directamente al buzón de voz, igual que las otras veces. Dejó un mensaje rápido.

—Soy yo. Estamos en Viena, la capital de Austria. Ya se lo explicaré cuando nos llame. Han pasado muchas cosas. No se fíe de Luke. ¡Llámeme, por favor!

Ren arruinó en parte el clima urgente del mensaje cuando bostezó con ganas.

—Perdona —dijo—. Estoy muy cansada.

—Yo también —reconoció Álex—. Deberíamos dormir un poco y volver a llamar a Todtman por la mañana.

—¿Y si nos encuentran?

Ellos. Ren no se refería a los guardas del museo y Álex lo sabía. Hablaba de la Orden.

—Los dejamos atrás cuando pusimos pies en polvorosa —arguyó, con la esperanza de que fuera verdad—. O en arenosa, más bien. Es imposible que sepan dónde estamos ahora.

—De acuerdo —admitió Ren medio dormida. Apoyó la cabeza en la mochila y se tendió en el mullido césped—. ¿No sería mejor que uno de los dos se quedara despierto haciendo guardia?

—Ya me encargo yo del primer turno —se ofreció Álex. Estaba agotado, pero tenía la sensación de que se lo debía a Ren. De no ser por él, su amiga ni siquiera estaría allí.

Ren se durmió al instante y Álex se quedó a solas con sus pensamientos. Apoyó la cabeza en la mochila y observó la oscura noche estival. Soplaba un aire cálido, y quedos compases de música clásica flotaban por el parque desde alguna ventana lejana. Escudriñó las sombras, estudió la oscuridad. Se dijo que no había nada allí cerca; pero no se lo acababa de creer. Necesitaba saberlo con total seguridad.

Hundiendo la mano debajo de la camiseta, sacó el milenario escarabeo. Era un objeto basto y sencillo, como todas las reliquias egipcias, apenas una piedra pulida y engarzada en cobre. Pese a todo, el escarabajo se consideraba un potente símbolo de resurrección en el Antiguo Egipto y el talismán albergaba un poder tremendo. Era capaz de activar el Libro de los Muertos y ahuyentar a los Caminantes de la Muerte; podía mover objetos e invocar poderosos vientos; y, últimamente, detectaba a los no muertos.

Álex lo estrechó en el puño. Como su pulso se aceleraba por efecto de la antigua energía, procuró dejar la mente en blanco. Abrir los sentidos y extenderlos hacia fuera… Por un momento creyó notar algo: una presencia tan sutil como la última pompa de jabón de la pila. Y entonces la sensación desapareció. La señal había sido tan débil que se preguntó si de verdad la había percibido.

Soltó el amuleto y se regañó. Ya tenía demasiados problemas reales como para andar inventando otros más. Si un Caminante de la Muerte anduviera por allí, las alarmas del amuleto se habrían disparado más que la pantalla de un radar en presencia de un buque de guerra. ¿Por qué comerse el coco con una señal tan débil y escurridiza que a lo mejor ni siquiera existía?

Había sido un día muy largo, buena parte del cual lo habían pasado corriendo. La mugrienta mochila de Álex no era la mejor almohada del mundo, pero podía usarla para tenderse y relajarse un poco sin dormirse, se dijo. No obstante, al cabo de un momento se le cerraron los ojos y se sumió en un sueño profundo.

La sombra los había seguido desde la otra vida. Le atraía aquel muchacho que también arrastraba la sombra de la muerte tras de sí. ¿Cómo era posible que estuviera marcado por la muerte y sin embargo irradiara vida por los cuatro costados? La sombra no lo sabía, pero consideró la idea de quedarse con toda esa energía para sí. De beber la vida del muchacho hasta saciarse. Quizás entonces recordase quién fuera él una vez, hacía muchísimo tiempo.

Se inclinó sobre Álex, que seguía dormido, y le tapó la nariz.

De inmediato, Álex empezó a revolverse en sueños. Al principio fueron movimientos suaves, como si cambiara de postura para estar más cómodo. Pero cuando no podía respirar, el chico se retorcía con ademanes más desesperados.

La sombra se concentró. De momento no pudo hacer nada más que tapar las fosas nasales del muchacho que forcejeaba. Su presencia en este mundo todavía era muy débil y su capacidad de influir en él no daba para más.

Álex abrió la boca para tomar aire. Era el gesto que la sombra estaba esperando. El extraño ser inspiró profundamente para apoderarse del cálido aire que emanaba de los pulmones del muchacho. Cuando lo hizo, cobró fuerzas. Su mano se definió. Lo que antes fuera poco más que una garra fría y negra adquirió el contorno de unos dedos, una muñeca.

La sombra presionó la nariz de Álex con esa mano recién materializada. El muchacho dormido se sacudió bajo esa presión creciente y, por fin, abrió los ojos.

No entendía nada de lo que estaba viendo, apenas una oscuridad impenetrable que se cernía sobre él. Y en ese momento atisbó los lechosos ojos grises.

La entidad que se abatía sobre Álex era un *sheut*, el oscuro ente que, según creían los antiguos egipcios, albergaba el espíritu y la esencia de una persona, su ka y su ba. Álex había visto esa especie de negrura concentrada dibujada a los pies de los vivos en las antiguas obras de arte del Metropolitano. Pero el cuerpo de aquel *sheut* llevaba muerto largos años y tanto el ka como el ba lo habían abandonado. Algo había salido mal y las distintas partes de aquel hombre no se habían reunido en el más allá. Ahora solo quedaba aquel engendro hecho de oscuridad: una sombra de su antiguo ser.

Álex observó horrorizado cómo el chorro de niebla blanca que surgía de su boca entreabierta desaparecía en el interior del *sheut*. Se debatió y forcejeó, pero la mano presionó con más fuerza. *¿Cómo es posible que una sombra me esté sujetando?*, se preguntó con desesperación. Pero así era. Más fuerte con cada aliento que le sustraía, la oscura presencia mantenía su cabeza pegada al suelo. *Me está robando la energía*, comprendió Álex repentinamente. *¡Me está arrebatando la fuerza vital para quedarse con ella!*

Álex intentó apartar a la sombra pero su mano la traspasó. El ser podía influir sobre Álex, pero él no lo podía tocar.

¡El amuleto!

Los pulmones de Álex suplicaban oxígeno al mismo tiempo que lo perdían. Se le nubló la vista. Estaba a punto de desmayarse. Buscó su amuleto con movimientos desesperados pero solo encontró la cadenita de plata. El pesado escarabeo se le había deslizado a la espalda mientras dormía y ahora yacía encajado entre su nuca y el suelo.

Cuando los ojos grises se tiñeron de un blanco turbio, el *sheut* los acercó al rostro del chico. *¿Cómo es posible que estés vivo?*, le preguntó, aunque las palabras no cruzaron el aire sino que se formaron en la mente de Álex. A él no le quedaba aliento para responder. Y seguramente daba igual: no viviría mucho más tiempo.

La luna al alcance de la mano

Bajo las estrellas y entre los árboles, a un par de metros de distancia de su amigo, Ren dormía como un tronco soñando con su hogar. Desde el comienzo de la misión habían viajado por todo el mundo con el fin de enfrentarse a los Caminantes de la Muerte a la par que buscaban los Conjuros Perdidos y a la madre de Álex. Y durante todo aquel tiempo, la añoranza de Ren no había hecho sino aumentar hasta convertirse en una especie de enfermedad crónica. Tan solo el sueño le ofrecía la oportunidad de visitar su hogar.

Su madre y su padre estaban sentados a la mesa de la pequeña cocina del apartamento que habitaban en Nueva York. Ren supo de inmediato que se trataba de un día laborable. Su madre, enfundada en un traje chaqueta con falda de tubo, estaba a punto de encaminarse a su trabajo como relaciones públicas de alto nivel. Todavía no sabía cuál de sus clientes habría hecho o dicho alguna tontería, pero estaba preparada para cualquier cosa. Su padre llevaba su típica camisa de trabajo, con las mangas ya enrolladas y el portaminas en el bolsillo de la pechera. Listo para resolver problemas de índole más concreta.

Charlaban con voz queda mientras apuraban los últimos restos del café, cambiando al español de vez en cuando como siempre hacían. Por una vez, Ren entendía todas las palabras. No siempre era así, pero ahora estaba soñando, al fin y al cabo. Aun dormida, una lágrima se le deslizó por el rabillo del ojo cerrado. Estaban hablando de ella.

Se preguntaban qué tal le iría por Londres. Estaban orgullosos de sus prácticas en el Museo Británico. La echaban de menos.

Yo también os echo de menos, quiso decirles. No haría referencia a lo demás, porque ahora mismo estaba muy lejos de Londres; y de las falsas prácticas. Pero daba igual. En aquel sueño, carecía de voz.

El teléfono empezó a sonar. El padre de Ren se levantó. Pero algo no iba bien. El hombre se acercó al fregadero y vertió los restos del café, haciendo caso omiso del teléfono. Y el timbre (o el zumbido, más bien), seguía sonando, sordo y eléctrico. Un zumbido de serie, como el de…

Un móvil desechable.

Ren abrió los ojos de golpe y porrazo.

Se enjugó la lágrima con una mano y buscó el móvil con la otra. Pero no era su teléfono el que estaba sonando.

—Álex —dijo, y se volvió hacia su amigo—. Tu teléfono.

Y entonces lo vio. Álex se debatía con debilidad, como un pez que lleva demasiado rato fuera del agua, y una figura oscura se cernía sobre él. Una figura humana. Un débil resplandor iluminaba el parque, procedente de las farolas circundantes y de los rayos de luna, pero la luz desaparecía al llegar a los contornos del ente, que presionaba la mano contra la boca de Álex. Y un hilo como de vapor discurría desde los labios de su amigo hasta la boca del ser. Ren comprendió al instante que la sombra estaba matando a Álex.

—¡Basta! —gritó.

El *sheut* se volvió hacia ella y sus ojos fulguraron al mirarla. Ahora era fuerte, no tenía miedo.

Ren cerró los puños. Era bajita para su edad, pero valiente como la que más. El ente daba muchísimo miedo y se le encogió el corazón de terror, pero no permitiría que le arrebatara a su amigo. O sea, no. Tenía que arrancarlo de allí, conseguir que Álex volviera a respirar. Inspiró hondo y... ¡se abalanzó sobre él!

Lo traspasó sin sentir nada más que un profundo escalofrío y se estrelló contra el suelo del otro lado. Se volvió a mirarlo, atónita y desesperada. El hilo de vapor se estaba agotando. Ren se incorporó y golpeó a la oscura entidad con los puños.

Nada. Fue igual que hundirlos en leche fría, pero su gesto no tuvo ninguna repercusión.

Piensa, se dijo. *Sé más lista.*

Mi amuleto.

Lo buscó. El ibis era el símbolo de Tot, antiguo dios egipcio de la sabiduría, de la escritura y de la luz de la luna, y su poder principal consistía en mostrarle imágenes y proporcionarle información. Últimamente se sentía más cómoda con él, pero aún desconfiaba de la magia que albergaba. A Ren le incomodaba que el amuleto invadiera sus pensamientos; la sensación se parecía a soltar un caballo salvaje en una silenciosa sala de estudio. Ahora, sin embargo, necesitaba ese poder. Necesitaba al caballo salvaje. Por una vez, le traía sin cuidado no ser capaz de dominarlo.

Rodeó el ibis con la mano. En esta ocasión no le pidió respuestas, sino justicia. Era Tot el que escribía el veredicto tras el juicio de los muertos, la prueba en la que se pesaba el corazón para determinar si el alma merecía la entrada en la otra vida. Tot era el escriba divino, el que se aseguraba de que cada cosa ocupara su lugar y se escribiera en la columna correspondiente. A Ren también le gustaba que todo estuviera en su sitio, y sabía muy bien que aquella presencia letal no debería estar allí.

Apretó el ibis con tanta fuerza que los bordes del amuleto se le clavaron en la piel.

—¡Vete! —gritó. Y, cuando lo hizo, una cegadora explosión de luz blanca se proyectó hacia delante, igual que si alguien hubiera estrechado la luna llena con el puño y luego la hubiera liberado otra vez.

El *sheut* crepitó al contacto con la luz antes de hacerse jirones como un traje barato azotado por un huracán.

Cuando el resplandor cesó, el *sheut* había desaparecido.

Álex respiró con esfuerzo.

Su teléfono emitió una señal de aviso. Un mensaje de voz.

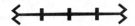

El *sheut* había estallado como un globo negro bajo la luz de la luna. Ahora, unos pocos hilillos de aliento vital persistían sobre Álex como una pálida nube blanca en la noche cálida. *Ya entiendo*, pensó el chico mientras miraba el vapor que se disipaba despacio. *Esta es la razón de todo.* Era algo más que aliento, Álex lo sabía; era vida.

¿Cómo es posible que un pequeño soplo de aire merezca tantos sacrificios?, se preguntó mientras el último soplo se disipaba. *¿Cómo es posible que mi vida merezca tantos sacrificios? Ren me ha salvado esta vez, pero ¿cuántos han muerto ya únicamente porque yo sobreviví? ¿Cuántos más tendrán que morir antes de que encontremos los Conjuros y pongamos fin a todo esto? Si acaso lo conseguimos algún día. El portal al otro mundo parece abrirse un poco más cada día. Y todo por mi culpa…*

Ren se arrodilló a su lado.

—¿Cómo te encuentras?

Álex se obligó a sonreír.

—Fatal —reconoció. Estaba acostumbrado al malestar, aunque había llegado a pensar que nunca más volvería a experimentarlo. Notaba un doloroso cosquilleo en los brazos y en las piernas, en los dedos de las manos y los pies, como si hubiera pasado demasiado tiempo expuesto al frío. Estaba cansado y tenía náuseas. Se había sentido así casi toda su vida, antes de que los Conjuros lo transformaran. Levantó la vista para mirar a Ren.

—Me encuentro tan mal como antes.

—Oh, no —se lamentó Ren. Sin contar a la madre de Álex, Ren era la única persona que sabía lo que implicaba ese «antes». La chica se desembarazó de su expresión preocupada y se obligó a sonreír a su vez—. Solo tienes que recuperar las fuerzas.

Álex asintió y se quedó allí sentado, respirando y frotándose los brazos. Cuant o más respiraba, mejor se encontraba. Por fin sacó el teléfono para comprobar quién había llamado. Esta vez sonrió con ganas.

—¿Todtman? —preguntó Ren, esperanzada.

Álex asintió con los pulgares hacia arriba y conectó el altavoz para que Ren también pudiera oír el mensaje.

—Hola, Álex. He recibido tu recado. Lamento mucho el… retraso. Me alegro de tener noticias tuyas. —Álex se acercó al aparato. Estaba encantado de volver a oír las secas consonantes de ese acento alemán que tan bien conocía, pero un leve zumbido ensuciaba la voz—. Las cosas han empeorado en El Cairo. Las voces de los muertos están por todas partes; la ciudad se ha sumido en el caos. Tuve que marcharme. Podría llegar a Viena mañana por la mañana. Hay un pequeño restaurante en Linke Wienzeile, cerca de Naschmarkt. —Mientras el anciano les daba la dirección, Ren buscaba a toda prisa el bolígrafo que siempre llevaba consigo—. Nos reuniremos allí a las diez y media. Tened cuidado.

Reprodujeron el mensaje de nuevo con la poca batería que les quedaba, solo para asegurarse de que habían anotado bien la dirección.

—Pienso darme un atracón en ese restaurante —declaró Ren.

Álex, sin embargo, no tenía ganas de hablar del filete vienés. Visualizó otra vez la horrible oscuridad que se había inclinado sobre él minutos atrás.

—Gracias —le dijo a su amiga—. Me has salvado la vida.

—Te he salvado la vida *otra vez* —apostilló ella. Luego añadió—: Aunque no tengo ni idea de cómo me las he ingeniado.

—Lo has ahuyentado —observó Álex— con la luz de tu amuleto.

Ren lo meditó.

—Al mirarlo, sencillamente me he dado cuenta de que ese ser no pertenecía a este mundo —aclaró—. Y de nada.

Álex no durmió demasiado durante el resto de la noche. En vez de eso, montó guardia. Estaba seguro de que el *sheut* los había seguido desde la otra vida. ¿Y si se había colado algo más?

Y persistía también una segunda sombra que no sería tan fácil de disipar. Esta no se cernía sobre él sino que acechaba en su interior. Las palabras de Ren sonaban una y otra vez en su mente. *Ese ser no pertenecía a este mundo.* Y tenía razón. Había vuelto de entre los muertos, al fin y al cabo.

Ahora bien, ¿acaso Álex no había hecho eso mismo cuando su madre lo trajo de vuelta?

Observó las primeras luces del alba, un resplandor violeta y rosado, y se preguntó:

¿Tengo más derecho yo a ver la salida del sol que ese espíritu desesperado?

Acorralados

Llegaron al restaurante con unos minutos de antelación.

—Schnitzel Box —leyó Ren en voz alta—. El restaurante tiene un nombre prometedor.

El estómago de Álex asintió con un gruñido. Había recuperado la salud y, con esta, el apetito.

—¿Cómo se dice «grande» en alemán? —preguntó Ren.

—*Gross* —respondió Álex.

—¿En serio?

El chico asintió.

—Bueno, pues me voy a comer el filete más grande que tengan —prosiguió ella—. Entremos y esperemos a Todtman en el interior. No les importará.

—No tenemos bastante dinero para comer algo en un sitio como este —objetó Álex.

—Podemos beber agua hasta que llegue Todtman —arguyó Ren—. Y usar el servicio.

Cruzando la puerta, se internaron en un restaurante decorado en madera y mal iluminado. Estaba vacío.

—Bienvenidos —los saludó el único camarero, un hombre

alto vestido con camisa blanca y chaleco negro—. Siéntense donde prefieran. Acabamos de abrir.

Álex encontró un tanto extraño que el camarero les diera la bienvenida en inglés. ¿Tanto se les notaba que eran americanos?

—*Danke* —respondió—. Gracias.

Se encaminó directamente a los servicios, buscó el de caballeros y cruzó la puerta. Tras ocuparse de unos asuntos urgentes, se dirigió al lavamanos. Tenía la sensación de que estaba hecho un asco después de haber pasado la noche en el parque y de otra experiencia próxima a la muerte que añadir a la lista, y dejó correr el agua hasta que fluyó agradable y calentita.

Después de lavarse las manos, se enjuagó la boca con un poco de agua. Su cara sucia le devolvió la mirada desde el espejo mientras se pasaba la mano mojada por el revuelto cabello. Sus dedos quedaron atrapados en la mata de pelo negro y frunció el ceño. Tendría que lavarse la cabeza con champú un día de estos. Pero ya habría tiempo para eso. Ahora mismo vibraba de la emoción. Pronto verían a Todtman, comerían bien y reanudarían la búsqueda de los Conjuros y de su madre.

Por fin, se inclinó y se salpicó la cara con agua caliente. Hundió las manos en el agua otra vez al incorporarse mirándose al espejo para comprobar si tenía un aspecto un poco más presentable. Pero apenas se fijó en su propia cara, porque el semblante que tenía detrás era mucho más aterrador.

Detrás de él había un hombre con la cabeza de una gigantesca mosca que lo miraba directamente a los ojos. Tenía unos ojos enormes a ambos lados de la cabeza, cada uno del tamaño de un pomelo cortado por la mitad y compuesto por miles de pequeñas lentes. El cuerpo de Álex se quedó paralizado de miedo, pero su mente funcionó a toda mecha. La máscara en forma de animal significaba que el hombre era un acólito de la Orden.

Los habían encontrado.

Se dio media vuelta a toda prisa, derramando agua mientras su mano buscaba el escarabeo con desesperación. La mirada de mil lentes acompañó el movimiento, como si los ojos de la máscara tuvieran vida propia. Álex sabía por amarga experiencia que esas máscaras eran tan antiguas y poderosas como su propio amuleto.

Una fuerte mano aferró la muñeca izquierda de Álex antes de que pudiera alcanzar la cadena que le colgaba del cuello. Levantó la derecha, pero se la inmovilizaron también. Forcejeó intentando liberar las muñecas, todavía con las manos mojadas. La cabeza de mosca se inclinó hacia él para contemplarlo con sus protuberantes ojos, y un insoportable pestazo a basura le produjo fuertes arcadas. Oyó un estrépito, como si se hubiera volcado una mesa en el salón del restaurante y los cubiertos se hubieran estrellado contra el suelo.

Ren. La había metido en un lío… otra vez.

Desesperado, Álex forcejeó con energía renovada. No le sirvió de nada. El hombre mosca lo sujetaba con sus manos peludas y retorcidas a la vez que lo observaba con las ocho mil lentes cambiantes de sus ojos compuestos. Y entonces habló.

—Hola, Álex. Recibí tu mensaje. Perdona por el… retraso.

La voz imitaba la de Todtman a la perfección, aunque, sí, acompañada de un leve zumbido. La llamada telefónica, la cita… ¡todo había sido una trampa! Si quería tener alguna posibilidad de escapar, Álex debía actuar a toda prisa. Sonó un segundo trompazo en el restaurante, seguido de un chillido. ¿Estaría Ren herida?

Álex pateó a la mosca con todas sus fuerzas. La punta de su bota se hundió en los gruesos pliegues de la mugrienta túnica y golpeó la nudosa pierna de debajo. Su atacante se encogió una pizca, pero en lugar de soltarlo lo aferró con más fuerza. Álex le propinó otra patada. Llevaba unas botas recias, diseñadas para el desierto, y esta vez le acertó a la mosca en plena barbilla. El hombre insecto se dobló sobre sí mismo, soltó a su presa y, tosiendo, expulsó una nube de gas verdoso y repugnante.

Álex contuvo el aliento… y agarró el amuleto con la mano izquierda. Con la palma mojada contra la fría piedra, formuló mentalmente esas palabras que tantas veces había recitado ya. *El viento que precede a la lluvia.* El escarabajo se consideraba un símbolo de renacimiento en Egipto y aquella era una de sus manifestaciones más poderosas. Con la mano derecha, proyectó la mano como si tirase una piedra y, al hacerlo, liberó una fuerte ráfaga de aire.

La descarga golpeó al acólito mosca en la barriga. El viento era intenso… y el suelo estaba mojado. El hombre mosca resbaló.

¡FUMP! Se estampó contra la pared.

Álex cruzó la puerta como una flecha. En el comedor, descubrió con alivio que no le aguardaba una patrulla de sicarios armados. Pero el camarero, esgrimiendo un enorme cuchillo de trinchar, perseguía a Ren alrededor de una mesa volcada.

—¡Eh! —gritó Álex.

El camarero se volvió a mirarlo. Hizo los mismos gestos que si acabara de entrar en un túnel de viento. Trastabilló sobre la mesa tumbada y aterrizó entre trompazos y tintineos al otro lado.

—*Autsch, eine Gabel!* —exclamó. ¡Ay, un tenedor!

La puerta del servicio de caballeros se abrió de golpe y un olor fétido inundó el destrozado salón. Mientras eso sucedía, la puerta de la calle se abría también. Los dos amigos salían disparados al día vienés… y al aire fresco.

A velocidad de vértigo, Álex y Ren tomaron una ruta de giros y revueltas equivalente a veinte manzanas y solo se detuvieron cuando tuvieron la certeza —bueno, una certeza relativa— de que habían dado el esquinazo a la mosca más grande y al camarero más grosero del mundo. Al final de la carrera, se sentaron en un banco de la calle y descubrieron que tenían otro mensaje de voz de Todtman, este en el móvil de Ren.

—¿Y cómo sabemos que esta vez sí se trata de él? —resolló Ren.

—Mira la hora del mensaje: las diez y veintiocho —dijo Álex a la vez que señalaba la pantalla del teléfono—. Tiene que ser Todtman. En ese momento el moscardón me estaba atacando. ¿Te acuerdas? Hemos llegado al restaurante con unos minutos de antelación.

Álex echó otro vistazo a la pantalla, ahora para comprobar cuánta batería le quedaba: apenas una rayita.

—Reproduce el mensaje otra vez —pidió.

Ren obedeció. A continuación, mirando a ambos lados y acurrucados muy juntos en el pequeño banco, llamaron al número que el alemán les había dejado. Todtman respondió al instante. Ren conectó el altavoz y Álex escuchó atentamente, pero en esta ocasión no advirtió ningún zumbido. Fueron directos al grano.

Le narraron a Todtman un rápido resumen de los acontecimientos, incluida la traición de Luke y su ubicación actual para que pudiera enviar a alguien a buscarlos. Álex sabía que Todtman estaba bien relacionado y nunca parecía andar corto de dinero. Pese a todo, se quedó de piedra cuando una nívea limusina aparcó junto al bordillo media hora más tarde. Receloso, le pidió al chófer la contraseña.

El hombre vestía un traje negro y llevaba un auricular Bluetooth.

—Tutankamón —respondió el chófer en un tono carente de emoción al mismo tiempo que rodeaba el coche para abrirles la portezuela trasera.

Ren asintió —la había escogido ella— y ambos subieron al auto que los transportó al aeropuerto, donde los esperaban dos billetes de avión a Egipto.

—Sin ánimo de ofender —comentó Ren cuando el larguísimo vehículo sorteaba el tráfico de mediodía—, pero ¿no quedaban más coches?

El conductor le echó una breve ojeada por encima del hombro.

—Claro que sí —contestó—. Pero su tío ha solicitado este en particular.

Álex y Ren intercambiaron una mirada, y Ren articuló dos palabras en silencio: «¿Nuestro tío?»

Álex había oído subterfugios peores.

—¿Por qué? —insistió.

El chófer se encogió de hombros.

—Porque los aeropuertos están vigilados y nadie esperará verles llegar en una limusina blanca. —Echó un vistazo al espejo retrovisor y debió de percatarse de las expresiones de sorpresa de sus pasajeros, porque añadió—: Soy un profesional. Ahora relájense y disfruten del viaje.

—Pero ¿y si…? —empezó a decir Ren.

Álex la interrumpió.

—No le haga caso a mi hermanita —le dijo al conductor. Y luego, en un tono más bajo—: Seguramente se la tapa el asiento, de todas formas.

Ren le propinó un puñetazo amistoso en el hombro. Amistoso, pero no flojo precisamente.

Una hora y media más tarde se encontraban a bordo de un pequeño avión. Tres horas y media y catorce bolsas de galletitas saladas después, aterrizaban en un pequeño aeropuerto de provincias situado a cincuenta y seis kilómetros de El Cairo. Todtman acudió a su encuentro cuando se disponían a cruzar el control de aduanas, aunque, por supuesto, no estaba permitido.

—¿Cómo se ha saltado el control de seguridad? —le preguntó Álex. Trató de adoptar un tono tan profesional como el de Todtman, pero se le escapó una sonrisa al comprobar que el anciano alemán estaba sano y salvo. Cuánto se alegraba de ver esos ojos saltones como de sapo y su característico traje negro—. ¿Los ha sobornado o los ha hipnotizado con su amuleto?

—Puede que ambas cosas —susurró Todtman, esbozando a su vez una sonrisilla traviesa.

El agente de aduanas les cedió el paso sin echar siquiera un vistazo a sus pasaportes. El trío accedió al luminoso vestíbulo de la terminal.

—Debemos darnos prisa —los apremió Todtman. El remate de goma de su bastón negro carbón golpeteaba las baldosas. Y sus ojos escudriñaban la terminal—. Aquí no estamos seguros.

—¿En este aeropuerto? —preguntó Ren, y miró a su alrededor con recelo.

—En Egipto —replicó Todtman.

Descifrando las pistas

Al volante de un automóvil de alquiler, grande y destartalado, Todtman abandonó el aeropuerto a una velocidad solo una pizca inferior a la de los aviones que rugían en el cielo. Pegado al asiento trasero, Álex se abrochó el cinturón y se lo ajustó cuanto pudo. Ren había pedido el asiento delantero antes siquiera de que Álex pensara en ello, exclamando entre risas victoriosas:

—Como venganza por lo de «mi hermanita».

Todtman se dispuso a cambiar de marcha para obtener más potencia del enorme motor, pero la palanca se trabó y el coche pegó una alarmante sacudida.

—Perdón —dijo—. No había coches alemanes disponibles.

Llegaron a un desvío y el anciano lo tomó. Apareció otro y se desvió también por este. Pronto el trafico aumentó y los contornos achatados de una pequeña ciudad asomaron en el horizonte. Todtman redujo la velocidad. Álex se relajó. Habían dejado atrás la soledad del aeropuerto para fundirse con el bullicio de un país de cerca de noventa millones de habitantes.

Rodearon la pequeña ciudad, evitando las calles estrechas y el tráfico lento, y circularon por una amplia carretera bordeada de un paisaje sorprendentemente verde. Un desvencijado tractor apareció allá delante. Todtman cambió de carril y lo dejó atrás.

—¿Por qué ha querido recogernos en el quinto pino? —preguntó Ren.

—El Cairo es demasiado peligroso —respondió Todtman—. Los espíritus han enloquecido a mucha gente; las autoridades están abrumadas… y la Orden campa a sus anchas.

Mirando por la ventanilla trasera, Álex rememoró el caos que había presenciado en El Cairo: los gritos y las sirenas; la gente atormentada por las voces que invadían su mente; la mujer que se había estampado contra un escaparate; los policías apiñados para protegerse entre sí; los esbirros de la Orden, que no se molestaban en ocultar sus armas…

—Entonces, ¿la cosa ha empeorado? —preguntó Álex. Le costaba imaginarlo.

—Muchísimo —reconoció Todtman. Buscó los ojos de Álex en el espejo retrovisor—. Por poco no escapo con vida… o con el alma intacta.

Guardó silencio un instante, como si quisiera ahuyentar un penoso recuerdo.

El chico apartó la mirada. Tenía la sensación de estar viajando en el asiento trasero de un coche policial: *culpable*. El Cairo estaba patas arriba, Egipto no era seguro, la locura se extendía día a día… y él tenía la culpa de todo.

—En ese caso, es más importante que nunca que encontremos a mi madre y los Conjuros Perdidos —opinó, tratando de reencauzar el hilo de sus pensamientos—. ¿Ha averiguado algo más acerca de su posible paradero?

Todtman negó con la cabeza.

—Nada.

—Y entonces, ¿adónde nos dirigimos? —quiso saber Álex. Miró por la ventanilla ahumada y vio un prado de un verde vivo. Dos vacas negras y escuálidas pastaban en la frondosa hierba mientras que hectáreas y más hectáreas de campos todavía más verdes si cabe se extendían tras ellas. Se encontraban en el delta del Nilo, al norte de El Cairo, un territorio de tierra oscura y fértil.

—Eso es lo que debemos decidir —respondió Todtman—. Nuestro próximo destino, el siguiente paso.

—Sabemos que la madre de Álex estuvo en el Valle de los Reyes —intervino Ren—, pero eso fue hace más de una semana.

—Y a estas alturas la Orden también sabrá que estuvo allí —se lamentó Álex—. Porque Luke los mantenía al corriente de todo.

Su primo lo había traicionado y su madre lo había abandonado. Era un golpe por partida doble, y Álex notó el impacto una vez más. Sacudió la cabeza con fuerza, para concentrarse en lo que tenía entre manos.

—Sí, a estas alturas ya estará lejos del Valle —concluyó.

Todtman asintió y, a continuación, añadió:

—Si me cuesta tanto encontrar a tu madre es porque… —Se interrumpió. Álex se inclinó hacia delante con la esperanza de oírle admitir algo embarazoso, algún dato sobre su madre que él desconocía. Pero cuando el hombre concluyó la frase, la confesión se refería más bien al propio Todtman—. Es más lista que yo. Siempre lo ha sido; solo una pizca.

A pesar de los nubarrones que ensombrecían sus pensamientos, una pequeña sonrisa asomó al semblante de Álex.

—No se preocupe —terció Ren—. También es más lista que Álex.

La sonrisilla del chico se esfumó de golpe y porrazo.

Pasaron zumbando junto a nuevos campos: ahora las doradas espigas de trigo de una pequeña granja, luego un platanar… Las acequias dividían el paisaje. Todtman redujo la velocidad cuando doblaron por una carretera secundaria dejando un penacho de polvo tras ellos.

—Habrá que estrujarse los sesos para saber qué se propone Maggie —caviló el hombre—. Tenemos que repasar todo lo que hemos averiguado… pensar si se nos ha escapado alguna pista.

Álex titubeó, pero no paraba de darle vueltas a un detalle.

—No sé si significa algo —empezó a decir—, pero el nombre que usó mi madre para firmar en el registro del Valle de los Reyes, Ángela Felini…

Ren se inclinó hacia Todtman.

—Angie era la antigua niñera de Álex —informó con ese tono de listilla que adoptaba en ocasiones.

—Sí —confirmó Álex—. Es que… cuando dejó de trabajar para nosotros, se mudó a Alexandria. Me refiero a la Alexandria de Virginia, pero de todos modos. ¿Cree que mi madre escogió ese nombre adrede, como una especie de mensaje? ¿Dirigido a mí? ¿A nosotros? Porque sé que también hay una ciudad llamada así en Egipto.

—Hummmm —meditó Todtman—. Es posible. Si supuso que la seguiríamos…

—Bueno, es más lista que nosotros —prosiguió el chico. Necesitaba creerlo, desesperadamente: aunque su madre lo hubiera abandonado a su suerte, no lo había olvidado. Si le había dejado una pista, eso significaba que aún se preocupaba por él. Que no lo había olvidado del todo.

—A veces hablaba de Alexandria —añadió en un tono esperanzado.

—Sí, porque estudió en la universidad de esa ciudad —intervino Ren.

¿Sí? ¿De verdad? Álex intentó hacer memoria. Cuando pensaba en los estudios de su madre, le venía a la mente Columbia, en Nueva York. A esa universidad pertenecía la sudadera que llevaba, el campus que visitaban cuando acudían a las reuniones de antiguos alumnos. Sin embargo, su madre se había doctorado en Egipto. Intentó recordar dónde exactamente, pero Ren se le adelantó una vez más.

—Hay un título en la pared de tu casa —le recordó—. Junto a la estantería.

—Ah, sí —replicó Álex. Recordaba vagamente una hoja de vitela expuesta en la pared del pequeño apartamento en el que se había criado. La había visto tantas veces que ya ni reparaba en ella. Trató de visualizar las palabras que destacaban en la parte superior. Era un diploma, sin duda, escrito en árabe y en inglés. Cerró los ojos… *Alexandria University*.

»Tienes razón —prosiguió, mirando al asiento delantero, pero la sonrisilla de Ren le informó de que ella ya lo sabía. *Quién sino Ren se fijaría en un título de la pared,* pensó. Pese a todo, le incomodaba un poquito que su mejor amiga recordase algo sobre su madre que él casi había olvidado—. En realidad no eres mi hermana, ¿sabes? —añadió.

Ren se disponía a replicarle, pero Todtman los interrumpió:

—Sí, es verdad —convino, con su boca de sapo ahora curvada en una sonrisa—. Sé que terminó la tesis en Egipto, pero había dado por supuesto que lo había hecho en El Cairo. La Alexandria University es muy antigua y goza de gran prestigio

—Por eso mi madre aún habla de Alejandría de vez en cuando —apuntó Álex—. Fue la primera ciudad egipcia en la que residió.

—Sí —asintió Todtman—. Sus raíces en este país proceden de Alejandría. Y, si no me equivoco, las tuyas también, Álex.

—¿A qué se refiere? —preguntó él. Su madre nunca le había hablado de eso.

—¿Cómo te llamas?

—Álex… ¡ah! —Se desplomó en el asiento y la cabeza le dio vueltas al reparar en las connotaciones. Álex… Alejandría—. ¿Alejandría no lleva ese nombre en honor a Alejandro Magno? —recordó.

Todtman asintió, y Ren resopló, como si dudara mucho de la grandeza de su mejor amigo. Álex no se percató. Se estaba mirando las piernas. Sus piernas egipcias.

—Esa universidad es el vínculo más antiguo y profundo de tu madre con este país —prosiguió Todtman, que tomó el siguiente desvío a la izquierda para regresar a la carretera principal—. Así pues, ya sabemos qué rumbo tomar.

Una fila de coches que circulaba a buena velocidad apareció a lo lejos. Una autopista. Álex observó el cartel indicador azul que destacaba poco antes de la entrada. Incluía una lista de destinos, en árabe y en inglés, escritos con pintura blanca reflectante. Sus ojos se detuvieron en la tercera línea:

ALEJANDRÍA, 153 KILÓMETROS

—¡Qué bien, Álex! —exclamó Ren, que se volvió en el asiento para mirarlo—. ¡Vuelves a casa!

Ren miró de reojo a la izquierda. Todtman conducía con los ojos clavados en la calzada que se extendía ante él, las manos clavadas a las diez y a las dos en punto del volante. Luego miró el espejo retrovisor y vio a Álex sumido en sus pensamientos en el asiento trasero.

Ya tenían un destino, pero la pista que los llevaba hacia allí parecía un tanto remota. Quería saber si iban en la dirección correcta… o si seguirían mareando la perdiz egipcia. Despacio, sin hacer ruido, Ren despegó la mano del fresco vinilo del asiento y buscó su amuleto.

Era la primera vez que lo hacía. Nunca le había preguntado nada al ibis de no ser por obligación; si no los acechaba un Caminante de la Muerte o Todtman le insistía en que lo hiciera. A lo mejor era el momento de intentarlo, pensó. Puede que, si se lo guardaba para sí, no experimentara la presión de acertar.

Ren inspiró hondo, una bocanada larga y nerviosa. Exhaló con suavidad y susurró dos palabras: «Subir nota». Se trataba de un mantra muy poderoso en boca de una persona como ella, conocida en el colegio como «Ren todo lo hace bien». Tenía la mala costumbre de exigirse demasiado en los exámenes y en los trabajos, y eso le pasaba factura con frecuencia. Pero clavaba todas y cada una de las pruebas que hacía para subir nota, esos trabajos extras que únicamente ayudaban y nunca perjudicaban. Y allá en el Valle de los Reyes, ese enfoque —considerar las pistas del misterioso amuleto como un favor sin más trascendencia— la había ayudado a controlar su magia.

Al rodearlo con la mano, pidió una vez más un poco de ayuda complementaria. Notó el tacto de la piedra lisa contra la palma y, una milésima de segundo más tarde, una descarga de energía. Cerró los ojos y las imágenes inundaron su mente.

Un bebé de carrillos gordezuelos y bronceados mirando con grandes ojos castaños el enorme buque mercante que se deslizaba sobre aguas oscuras y apacibles.

La mano de una joven que se alargaba hacia un montón de gruesos volúmenes. La joven llevaba una banda elástica alrededor de la cintura; un cinturón elástico idéntico al que la madre de Álex usaba en ocasiones.

Abrió los ojos.

—¿Qué has visto? —inquirió Todtman.

Ren lo miró y parpadeó dos veces para reenfocar la mirada en el presente.

—¿Alejandría está en la costa? —preguntó.

—Sí, en el Mediterráneo —confirmó Todtman—. Es el principal puerto de Egipto desde hace siglos.

—¿De qué estáis hablando, vosotros dos? —preguntó Álex con retintín desde el asiento trasero.

—De nada —respondió Ren, devolviéndole la mirada a través del espejo retrovisor. Ya no tenía los carrillos tan regordetes, pero estaba segura de que la carita que había visto era la suya. Debían de ser los brazos de su madre los que se alargaban hacia los libros de texto. Y si estaba en lo cierto, entonces la ciudad costera no era otra que Alejandría.

—¿Tienes algo que decirnos? —insistió Todtman, y lanzó una mirada fugaz al ibis.

Ren negó con la cabeza.

—No, todo bien —contestó—. Usted siga conduciendo.

El destino al que se dirigían ya no le parecía una posibilidad tan remota, si bien aquellas imágenes todavía contenían demasiados «síes» y «quizás». Y si algo le reventaba a Ren más que la incertidumbre, era equivocarse. Había empleado el amuleto voluntariamente y la cosa no había salido demasiado mal. Pero el objeto la había enredado otras veces… y Ren sabía que tenía pruebas mucho más complicadas por delante.

Alejandría

Viajaron toda la tarde y llegaron a las afueras de Alejandría en plena noche. Álex aún albergaba una pequeña esperanza de ver el modesto perfil de la ciudad cobrar forma, por vaga que fuera, contra la luz de la luna. Puede que el pasado de su madre en verdad fuera la clave del presente. Tenía lógica. *En un país extranjero, y en uno tan grande como este, mi madre procuraría moverse por sitios que conoce, ¿no?* Esperaba encontrar otra pista; o, mejor aún, a su madre en persona.

No obstante, Álex también estaba preocupado. Cuanto más se acercaban a ella, más lo atormentaban las dudas: ¿De qué huía su madre? ¿Por qué no se ponía en contacto con él? Una idea aterradora se perfiló en su mente, clara como el cristal: *Ya me ha dado la vida dos veces; ¿estará enfadada por el precio que ha tenido que pagar?* Sacudió la cabeza para desembarazarse del pensamiento. Se sentía frustrado, culpable y perdido a medida que las reflexiones desfilaban sombrías por su mente, igual que las vistas del otro lado del cristal. *Tengo que arreglar este entuerto. Yo soy el responsable.* En esta ocasión, su cabeza permaneció más quieta que la de una estatua.

Alejandría era una ciudad de millones de habitantes y las casas de las afueras pronto dieron paso a edificios más grandes: apartamentos, tiendas y oficinas. Pero ahora mismo eran poco más que plomizas sombras que pasaban zumbando en silencio. Solo las farolas y la difusa luz de los faros les alumbraban el camino.

—Nos podemos alojar en casa de un colega —anunció Todtman—. Allí estaremos a salvo mientras seguimos el rastro de tu madre.

Álex se inclinó hacia delante para otear la zona. El vecindario había cambiado otra vez. Edificios más pequeños y elegantes sustituían ahora los grandes bloques. Brillantes remates de metal y grandes ventanales reflejaban la luz de los faros a su paso, los sutiles acabados de una arquitectura más moderna y lujosa.

—Vaya, estas casas son muy chulas —observó Álex.

—Estamos pasando por el Upper East Side[1] de Alejandría —informó Ren, y Álex soltó una carcajada a pesar de todo.

—¿Cómo se dice «Park Avenue» en árabe? —preguntó.

Ren ahogó una risita.

—¿Su amigo es rico? —le preguntó a Todtman, inclinada hacia delante para ver mejor.

—Mi amiga —la corrigió Todtman—. Y mucho.

El erudito alemán desvió el coche por una entrada y se detuvo junto a un portón metálico. Bajó la ventanilla y disparó cuatro palabras rápidas en árabe. Momentos después la puerta se abrió hacia dentro con un suave zumbido mecánico.

En el aparcamiento, delante de ellos, había un coche ostentosamente caro. El portón se cerró tras ellos con un fuerte y preci-

---

1. Uno de los mejores barrios residenciales de Nueva York, situado en el distrito metropolitano de Manhattan. *(N. de la T.)*

so *SHUNNK*. Álex alzó la vista para admirar una casa ultramoderna, en forma de cubo. Un círculo de luces exteriores se había encendido a su llegada y unas cuantas más brillaban ahora en el interior, visibles a través de los grandes cristales cuadrados, ahumados en un tono azul, del segundo piso.

—¿A qué se dedica esa señora, exactamente? —quiso saber.

—Es… —Todtman frunció los labios, como eligiendo la palabra siguiente con cuidado— coleccionista. Sí, una experta en arte también, sin duda, pero solo trabaja en el sector privado. Más que nada se dedica a… coleccionar.

Álex receló al momento de todas aquellas pausas. Sabía que las colecciones privadas de antigüedades egipcias iban a parar al mercado negro tan a menudo como a las casas de subastas.

—¿Y de qué ha dicho que la conoce?

Todtman sonrió de medio lado, pero, en la penumbra del coche, Álex no supo si significaba «confía en mí» o «es mejor que no lo sepas». Volvió a mirar la casa y vio una sombra deslizarse en silencio por detrás de una ventana.

La puerta se abrió quedamente cuando se aproximaban y Álex miró impertérrito las mirillas de las cámaras de vigilancia al pasar. Llegaron al vestíbulo, sumido en silencio y bañado de luces tenues, donde los recibió un hombre imponente… que se impuso al instante.

—Esperen aquí —ordenó con brusquedad, pero su expresión se transformó en cuanto reconoció a Todtman—. Ah, hola, doc. Un momento.

Álex evaluó al hombre —tamaño extragrande— y concluyó que se trataba de un guardia de seguridad residente.

—Todo va bien, Bubbi —gritó una mujer desde las profundidades de la casa en sombras—. ¡Estoy en el despacho, doctor!

El hombretón les cedió el paso y Álex se preguntó si los colegas del guardia de seguridad sabrían que lo llamaban «Bubbi». Siguieron a Todtman por un tramo de escaleras y entraron en una sala espaciosa y bien iluminada. Una mujer se acercó a ellos, vestida de trabajo a pesar de la hora: pantalón de vestir tipo pitillo y una impecable blusa blanca. Debía de tener la edad de su madre, calculó Álex, y exhibía su mismo talante profesional.

Saludó a Todtman con afecto y luego se volvió hacia los chicos.

—Me llamo Safa —se presentó—. Bienvenidos a mi casa.

Álex se sentía incómodo. No sabía nada de esa mujer, y acababan de recluirse en un recinto cerrado, con ella. Tenía pensado saludarla con unas palabras educadas pero discretas, algo como «Hola» o «Gracias por alojarnos esta noche». En vez de eso, se quedó mirando boquiabierto y en silencio la decoración de la habitación. Antiquísimos bajorrelieves de piedra forraban las paredes y había una enorme estatua expuesta en un nicho iluminado.

—¿Todas representan a Hatshepsut? —le espetó por fin.

Una sonrisa transformó el reservado semblante de Safa.

—Sí, la colección privada más exquisita del mundo —respondió con voz henchida de un inconfundible orgullo.

Álex echó otro vistazo rápido a las arcaicas obras de arte, todas las cuales representaban a la primera faraona de Egipto.

—¡Hala! Pensaba que casi todas sus figuras habían sido destruidas —se extrañó. El Metropolitano contaba con una sala entera de tallas de Hatshepsut, pero eran piezas reconstruidas.

—Ya veo. De tal palo tal astilla —observó Safa—. Míralas bien.

Álex avanzó unos pasos hacia la estatua y entonces las vio. Las mismas líneas finísimas que recorrían las figuras del Metropolitano, sutiles cicatrices de una reconstrucción experta. Y lo que al principio había tomado por una profunda sombra a un lado de la cara no era sino la ausencia de rostro. El cincel había quebrado parte de sus rasgos y allí donde deberían haber estado el ojo y la mejilla izquierda únicamente había un parche de tosca piedra gris. Y en lugar de estar rematada por la simbólica barba de los faraones, la barbilla tan solo mostraba marcas de cincel.

—Esta de aquí está de una pieza —señaló Ren, indicando un elegante relieve que discurría a lo largo de la pared y que mostraba la esbelta y regia figura de Hatshepsut junto a un faraón barbado, al otro lado del cual estaba el dios sol con cabeza de halcón, Amón Ra.

—Eres observadora, pequeña —dijo Safa al tiempo que se daba la vuelta—. Dejaron intactas las imágenes que representaban a Hatshepsut en su rol de reina. Solo destruyeron aquellas que la mostraban en cuanto que legítima soberana. El faraón que la precedió quiso asegurarse de que sus propios descendientes, y no los de ella, heredaran el trono.

—Qué injusto —protestó Ren.

—El mundo nunca les ha puesto las cosas fáciles a las mujeres poderosas —replicó Safa con una sonrisa tristona—. Colecciono estas imágenes como homenaje pero también como recordatorio.

Cuando Safa echó a andar hacia la puerta, Álex recordó lo que quería decirle al llegar.

—Gracias por alojarnos. Supone una gran ayuda.

—Y yo estoy encantada de ayudar —respondió Safa sin detenerse. Por un instante, Álex pensó que había terminado, pero al cabo de unos pasos se dio media vuelta y lo miró.

—¿Sabes?, fue tu madre la que despertó en mí el interés por Hatshepsut. La conocí en la universidad.

Álex se echó hacia delante para escucharla con atención. Aquella mujer le inspiraba confianza, a pesar de todo. Inspiró hondo para llenarse los pulmones con todas aquellas preguntas que quería formularle acerca de su madre, pero Safa lo interrumpió:

—Le ofrecieron una beca a tu madre para que estudiara a Hatshepsut... muy prestigiosa —explicó—. Pero tú acababas de nacer, y la rechazó.

—¿Tuvo que renunciar a una beca? —preguntó Álex.

—Estabas muy enfermo en aquel entonces —aclaró Safa.

—Sí —respondió Álex, y se miró los pies—. Esa es la historia de mi vida.

Enfermo... y creando problemas de buen comienzo.

Safa esbozó una sonrisa compasiva.

—Pero la beca no se desperdició —prosiguió—. Yo tenía pensado dedicar mi tesis de posdoctorado a Ramsés VI. ¿Sabes lo que me dijo?

Álex negó con la cabeza, sin alzar la vista.

—Me dijo que el mundo necesitaba otra investigación sobre Ramsés tanto como Guiza necesita turistas. Y entonces le habló de mí al encargado de administrar las becas, el doctor Alshuff.

—¿Mahmoud Alshuff? —se sorprendió Todtman.

Safa asintió.

—Alshuff también había dirigido la tesis doctoral de Maggie. Confiaba en su criterio. Así que acabé investigando a una mujer que asumió el poder sin complejos. Una mujer cuyo legado era demasiado importante como para que los hombres lo obviaran. Estudiar a Hatshepsut cambió mis ideas sobre mi país, sobre mi historia, sobre mí misma. De manera que sí, Álex Sennefer, estoy encantada de alojarte en mi casa. A ti, al doctor y a tu —se volvió hacia Ren— media naranja.

Dicho eso se dio media vuelta para abandonar la habitación.

—Ahora, si me disculpáis, debo salir. Bubbi os mostrará vuestros dormitorios cuando hayáis terminado aquí. Tengo que volver a una videoconferencia.

—Pero si es medianoche —señaló Álex.

—En Tokio, no —replicó ella antes de hacer un pequeño gesto de adiós por encima del hombro y cerrar la puerta a su espalda.

—¡Me cae fenomenal! —exclamó Ren.

—Es una mujer interesante —comentó Todtman, cuya voz delataba la admiración que le inspiraba la dama.

—¿De qué la conoce? —preguntó Ren.

—Hace años que la asesoro en sus compras —contestó Todtman. Arrastró una silla para sentarse al mismo tiempo que Álex y Ren se desplomaban a ambos lados de un estiloso sofá—. Le digo si las piezas son auténticas, cuánto pagar por ellas, las probabilidades de que la detengan por poseerlas… Se trata de una relación basada en la confianza.

Álex se arrellanó en el sofá de cuero negro mientras el alemán hablaba. Una relación basada en la confianza… y una oportunidad que su madre había perdido por culpa suya. El primer precio que había pagado por su hijo. Imaginó una pequeña red de vínculos —Todtman, Safa, la universidad— en cuyo centro estaba su madre.

—¿Y ahora qué? —quiso saber Ren.

—Mañana iremos a la universidad —declaró Todtman—. Y hablaremos con su antiguo director de tesis.

—El doctor Alshuff —dijo Álex. Ese también formaba parte de la red.

El anciano asintió.

—Conozco a Mahmoud. De hecho, creo que le debo dinero.

Una hora más tarde, todos dormían a pierna suelta. Había sido un día intenso, tanto física como mentalmente.

Bubbi y un segundo guardia vigilaban atentamente la casa a través de las ventanas y los monitores. Sabían que estos invitados llevaban el peligro consigo. Sin embargo, ninguno de los dos vio a la mujer alta y regia del jardín frontal, cuyos pies no dejaban marcas en el mullido césped.

No la vieron por la sencilla razón de que ella no deseaba ser vista, y no dejaba huellas porque sus pies no tocaban el suelo.

Sencillamente flotó entre las hierbas aromáticas al mismo tiempo que miraba el segundo piso de la casa con su media cara.

Universitarios

Su anfitriona no se dejó ver al día siguiente, pero un desayuno egipcio tradicional los esperaba abajo, en la barra de la cocina: tres platos de habichuelas —algunas enteras, otras en puré, todas frías— con gruesos panes árabes.

—¿Qué es esto? —preguntó Ren cogiendo el plato que tenía más cerca y untando una cucharada de puré al pan.

—Se llama *fuul* —explicó Todtman, e hizo lo propio.

—¿Fuel? —dijo Ren.

—Más o menos —respondió el alemán.

Álex miró a su alrededor buscando donuts o tortitas antes de echar mano del tercer plato a regañadientes. Esperó a que los otros dos devorasen su comida sin envenenarse y probó un bocado. Natural y amargo, sabía igual que una mezcla de humus, limón y algo más harinoso. Tomó otro bocado. Y luego otro. No estaba nada mal, en realidad. Álex engulló un segundo pan, lleno a reventar, y eructó. Ren le dirigió una mirada desaprobatoria, pero Todtman hizo la vista gorda y dictaminó:

—Vamos. La universidad ya estará abierta.

Tan pronto como salieron, vieron a Safa y a Bubbi plantados junto al coche de alquiler, en el camino de entrada, con los ojos fijos en el pequeño sensor electrónico que sostenía el guardia. Por fin, el hombre alzó la vista y negó con la cabeza: «*No*». Safa se encaminó directamente hacia el grupo para reunirse con ellos a mitad de camino.

—No lleva ningún dispositivo de localización —informó—. Al menos, ninguno que hayamos podido detectar.

—¡Ah! —exclamó Todtman, de forma involuntaria, lo que informó a todos los presentes que no había contemplado la posibilidad.

Safa le lanzó una mirada compasiva.

—A veces creo que de verdad vives en la antigüedad, doctor.

—A veces me gustaría —replicó él con una sonrisa una pizca avergonzada.

El destartalado coche de alquiler arrancó al segundo intento. El reluciente portón de seguridad pareció escupir al viejo cacharro con cierto desdén cuando se abrió con un siseo y luego se cerró con un sonoro golpe.

—¿Por qué iba nadie a querer localizar este montón de chatarra? —preguntó Ren desde el asiento trasero.

Álex sonrió, pero sus ojos no perdían detalle. Circulaban a plena luz del día por una de las grandes ciudades egipcias. Los tentáculos de la Orden llegaban a todo Egipto, y ese montón de chatarra en particular albergaba a tres individuos muy buscados. Se sintió mejor entre el fluido tráfico. Les costaría distinguir sus rasgos a tanta velocidad y, al margen de eso, él no destacaba entre el gentío de la urbe. Había heredado buena parte de los rasgos egipcios de su padre, aunque nunca lo hubiera conocido.

Miró a sus acompañantes. Los ojos de Ren apenas si asomaban por encima de las ventanillas traseras, pero Todtman no habría llamado más la atención ni aun ataviado con el traje tradicional bávaro, verde brillante.

Habían llegado a Alejandría de noche y Álex se dedicó ahora a contemplarla a la luz del día. Cada manzana revelaba una parte de su historia. Algunos tramos eran claramente egipcios, con mezquitas con minaretes que apuntaban al cielo. Otras zonas parecían casi europeas, una especie de versión desconchada y desvaída de la belleza color pastel que habían admirado en Viena. Aquí y allá, entre edificios y avenidas, atisbaba rutilantes trechos del Mediterráneo, inmenso y azul, que se extendía al fondo.

Un coro de bocinas estalló por todas partes cuando el tráfico se detuvo. Mientras Álex miraba a un lado y a otro con el fin de averiguar qué pasaba, el aullido de una sirena que se acercaba a toda velocidad ahogó el estrépito. Cuando devolvió la vista al frente, un camión de bomberos aparcaba allí delante.

—¿Dónde está el incendio? —preguntó Ren, agachando la cabeza entre los dos asientos delanteros.

La muchedumbre de la acera empezó a dispersarse unos metros más allá, y Álex oyó exclamaciones en árabe y unos cuantos gritos. Mientras los últimos viandantes se refugiaban en portales cercanos o salían corriendo hacia los coches parados, atisbó por fin el motivo del alboroto: ¡una momia andrajosa, que avanzaba a trompicones por la acera!

Tras ella, aparecieron tres bomberos que corrían como flechas a pesar de los pesados uniformes. Acercándose al antiguo cadáver por detrás, bombeaban frenéticamente el contenido de un pequeño bidón, uno de esos que se usan para pulverizar productos químicos sobre el césped.

—¿Qué pretenden? ¿Fertilizarla? —planteó Ren al tiempo que se recostaba levemente en el asiento.

El engendro se acercó haciendo eses al borde de la calzada. Los gritos se apagaron en los coches, y las ventanillas abiertas se cerraban a toda prisa. La momia se encontraba ahora a pocos coches de distancia. Álex veía las resecas vendas ondeando a la brisa matutina y un esquelético pie prácticamente vuelto hacia atrás. El bombero bombeó una vez más antes de presionar la pequeña espita. Un líquido claro salió disparado de esta y empapó la espalda de la momia.

—¡BROAN! —rugió el ser con su voz ronca—. ¡STAHK!

Dio media vuelta para encararse con sus perseguidores. El hombre que sostenía el bidón miró a la momia con ojos desorbitados al tiempo que musitaba oraciones sin dejar de apuntarla con el aspersor. Mojó al monstruo por delante, cerró la espita y echó a correr cuando la momia se tambaleaba hacia él con los brazos y los nudosos dedos extendidos, reclamando carne humana. El segundo bombero dio media vuelta y salió por piernas también. El tercero se preparó para salir pitando, pero antes de hacerlo lanzó algo en dirección al desmañado cadáver.

¡FUSHHH!

La momia estalló en llamas. Rugió enfadada y avanzó unos cuantos pasos más antes de desplomarse de bruces en la calzada.

Los bomberos regresaron corriendo, no pertrechados con gas esta vez sino con una larga manguera unida al camión. Aguardaron a que el reseco cadáver fuera poco más que cenizas antes de conectar la manguera. Ceniza, vapor de agua y jirones de lino flotaron en el sol de la mañana.

Los transeúntes abandonaron sus refugios y se acercaron a los restos con suma tranquilidad. Mientras tanto, los bomberos recogían sus mangueras. El concierto de bocinas volvió a empezar.

—Por lo que parece, no es la primera vez que presencian este tipo de espectáculo —comentó Todtman cuando el camión de bomberos se alejó y el tráfico reanudó la marcha.

Álex nunca había visto a unos bomberos provocar un incendio —y mucho menos hacerlo prendiendo fuego a un cadáver disecado—, pero el mundo estaba cambiando. Recordó las calles de El Cairo, enloquecidas y hechizadas. Los muertos de aquella ciudad solo eran susurros, voces. Ahora formaban parte del caos de la hora punta.

Cuando el coche cogió velocidad, volvieron a bajar las ventanillas. Soplaba una brisa salitre, cálida y agradable, mientras circulaban por la ciudad, atentos a la presencia de momias o acólitos de la Orden. Desde su posición en el asiento trasero, Ren veía la cabeza de Álex girar de lado a lado, como un ventilador eléctrico. Escudriñando las aceras con cien ojos.

Sabía que su amigo bromeaba cuando la llamó «hermanita», pero en ocasiones la trataba como si lo fuera. Era tan impulsivo que a veces asumía más responsabilidad de la que le correspondía. *No te ofrezcas a hacer el primer turno de vigilancia si eres incapaz de permanecer despierto,* pensó Ren con los ojos clavados en la nuca de Álex. ¿Y si aquel espíritu la hubiera atacado a ella? Seguro que su amigo habría seguido roncando como si nada. Y desde luego no era la primera vez que abarcaba más de lo que podía y los metía a todos en un lío. De acuerdo, sabía un montón acerca del antiguo Egipto. Y sí, controlaba bien su escarabeo.

No obstante, no era el único que sabía cosas, que era capaz de hacer cosas. Ren echó un vistazo al ibis. Gracias a su amuleto, Ren había machacado a la sombra y había confirmado que estaban en el buen camino. ¿Sería verdad que empezaba a dominarlo?

Ren no creía en la suerte; creía en las probabilidades. Todavía ahora, cuando recurría al amuleto, tenía la sensación de estar tirando un dado. Le había fallado en ocasiones anteriores. Sin embargo, la reconfortaba eso de tener unos cuantos ases en la manga. Aunque de momento no pensaba usarlos. Se escondió la arcaica pieza debajo de la camiseta, con cuidado de no sostenerla con demasiada fuerza por miedo a que le enviara más imágenes.

En cuanto a Álex… Ren echó una ojeada al asiento delantero. Su amigo había sacado toda la cabeza por la ventanilla, igual que un perro borracho de viento. Sonrió. Le costaba seguir enfadada con él. *Pero si vuelve a meter la pata*, se dijo, *no me va a costar tanto.*

Llegaron a la universidad, encontraron una plaza en el aparcamiento de las visitas y se encaminaron al edificio principal, una enorme construcción de ladrillo rojo. Aun en pleno verano, alumnos y profesores iban de acá para allá, cargados con libros y enfrascados en apasionadas conversaciones. Y no solo en árabe. Ren captó retazos de charlas en inglés, en francés y en otras lenguas que no conocía. Todavía no, al menos.

Siendo Ren la clásica chica que lleva buscando universidad desde cuarto de primaria, se sentía, si no en casa, como mínimo muy cómoda. Recordó las palabras de su padre: la negatividad no te lleva a ninguna parte, a menos que seas un ion. Ren no era una partícula subatómica, y tenían trabajo que hacer. Cruzaron las grandes puertas dobles que llevaban al rectorado.

—Vamos a detenerlos —exclamó, presa de un súbito optimismo. El calor de la mañana desapareció en el interior del fresco y silencioso vestíbulo.

Todtman, que al parecer conocía bien aquellos pasillos, se volvió a mirarla.

—¿Ah, sí? —respondió con cierta guasa.

—Sí —afirmó ella convencida, al tiempo que abría los brazos como para abarcar todo aquel templo de sabiduría—. Porque somos más listos.

Álex asintió al instante.

—Esos tíos son unos ignorantes —puntualizó. Se volvió hacia Ren y añadió—: Mi madre estudió aquí. —Lo miraba todo con expresión de asombro. Señaló enérgicamente el piso de mármol—. ¡A saber si recorrió este mismo suelo!

Todtman se detuvo delante de una puerta de madera maciza. Junto a esta, una pequeña placa rezaba: DESPACHO 111-B, DR. ALSHUFF.

—Hemos llegado —anunció.

Llamó tres veces con la engomada punta de su bastón.

¡Ponk, ponk, ponk!

—*Willkommen!* —gritó una voz a través de la puerta.

Obviamente, el hombre los esperaba.

Lo que Ren no sabía mientras entraban en el soleado despacho forrado de libros era que algo más, aparte del profesor, los aguardaba allí dentro.

Con la mosca detrás de la oreja

El doctor Alshuff acababa de pasar un mal rato.

El viejo profesor se levantó y los saludó con una sonrisa forzada y un ojo amoratado.

—Cuánto me alegro de volver a verte, mi viejo amigo —le dijo Alshuff a Todtman, aunque parecía más nervioso que contento.

Álex observó con atención el feo cardenal que ensombrecía la flácida piel del ojo izquierdo del anciano.

—¡Y tú! —siguió hablando el doctor cuando se volvió hacia Álex y lo pescó mirándolo—. Eres idéntico a… —Álex era todo oídos. Sabía que no se parecía demasiado a su madre, y nunca había visto ni una foto de su padre, pero ¿acaso ese hombre sí? —. Ejem, eres tal como imaginaba —añadió Alshuff tras una pausa turbada.

El doctor le tendió la mano y Álex se la estrechó. Se había fiado de Safa al instante, casi a su pesar, pero sus provisiones de confianza empezaban a escasear. Y no se fiaba ni un pelo de aquel tipo nervioso de mirada inquieta.

—¿Qué le ha pasado en el ojo? —le soltó a bocajarro.

Alshuff se embarcó al instante en un complicado relato que incluía un grueso volumen, un estante superior y algo de polvo. Sin poder evitarlo, Álex pensó en su primo. A lo largo de las semanas que habían pasado juntos, primero en Londres y luego en Egipto, Luke había engañado a Álex por completo. Álex se había tragado su actuación, considerándolo un aliado —un amigo, incluso— cuando en realidad Luke los estaba espiando, a él y a Ren. Sin embargo, ya no era tan inocente. La expresión de Álex se endureció. Iría con pies de plomo… por cuanto estaba seguro de que la historia de Alshuff era un cuento.

Mientras tanto, Alshuff se había vuelto a mirar a Ren.

—¿Y esta quién es? —preguntó.

—Soy Renata Duran —contestó ella—. ¿Cuesta mucho que te admitan en esta facultad?

El viejo profesor soltó una carcajada seca y cascada.

—No si eres un guardián del amuleto —le soltó, echando un vistazo al ibis. Tomando nota mental, Ren asintió.

Alshuff se sentó detrás del gran escritorio de madera y los demás ocuparon tres sillas dispuestas ante la mesa.

—Y bien —dijo—. ¿En qué os puedo ayudar?

Una sonrisa se extendió sobre la barbilla de Todtman mientras escrutaba a su viejo conocido. Había reparado en el talante raro de su anfitrión; Álex se dio cuenta y se alegró de ello.

—Como ya te he mencionado por teléfono —empezó Todtman— estamos buscando información acerca de Maggie.

Con un manotazo de la sudorosa mano, Alshuff espantó la mosca que revoloteaba cerca de su cara.

—Pues claro —respondió—. ¿Y qué queréis saber de ella?

—Ah —exclamó Todtman—. Esa es la cuestión. Estamos buscando pistas que nos ayuden a deducir dónde se encuentra ahora mismo, adónde puede haber ido. Creemos que está en Egipto y sabemos que la une un vínculo sentimental a Alejandría. Al margen de eso... —Todtman dejó la frase en suspenso, pero Alshuff se apresuró a terminarla:

—Queréis encontrarla —apuntó—, pero ella no quiere que la encuentren.

—Exacto —asintió Todtman.

Álex pasó la vista de un hombre al otro. Algo se cocía entre esos dos, como si se comunicaran por la mirada al margen de sus palabras. Alshuff volvió a espantar la mosca, esta vez con más fuerza. Todtman lo observaba con mucha atención.

—Bueno —dijo Alshuff, y se retrepó en la silla—, como ya sabes, Maggie estaba interesada, principalmente, en el periodo ptolemaico, la época en la que los griegos gobernaban Egipto.

Alzó la voz al decirlo, y Álex tuvo la molesta impresión de que la explicación iba dirigida a él. ¡Ya sabía lo que era el periodo ptolemaico, por el amor de Dios! Pero el comentario le chocó: no recordaba que su madre hubiera demostrado nunca un interés especial en esa época de la historia egipcia. Rara vez entraba siquiera en la sección griega del Metropolitano.

—Deberíais echar un vistazo a los principales yacimientos ptolemaicos —prosiguió Alshuff—. Al templo de Philae, quizá. Se sentiría muy cómoda en esa zona, creo yo.

Alshuff hablaba en tono alto pero tembloroso, salpicado de pequeñas pausas, como si estuviera improvisando sobre la marcha. Miraba al techo, a su escritorio... a todas partes excepto a sus interlocutores. Álex ya estaba harto de sus mentiras.

—Pero si mi madre nunca... —empezó a decir.

El anciano profesor lo interrumpió al instante:

—Bueno —zanjó con un tono de impostada energía—. Ojalá tuviera más tiempo para seguir charlando, pero hoy es un día de mucho trabajo y tengo que asistir a una reunión del departamento dentro de pocos minutos. —Arrastró la silla hacia atrás y se levantó—. Por lo que parece, una de nuestras momias ha sido reducida a cenizas en el centro y querrán volver a recordarnos que cerremos bien las puertas.

Todtman echó hacia atrás su propia silla y se puso de pie también. Álex y Ren hicieron lo propio. Alshuff rodeó el escritorio para posar una mano en el hombro de Álex, que dio un respingo. Si bien el gesto parecía amistoso, lo estaba empujando con suavidad pero con firmeza hacia la puerta. Álex alzó la vista y pescó a Alshuff mirando el escarabeo que llevaba colgado del cuello.

—Hacía mucho tiempo que no veía *al que retorna* —comentó, ahora en un tono sereno. *Así*, pensó Álex, *habla este hombre en realidad*—. El descubrimiento más relevante de tu madre. Hasta hace poco, desde luego.

Álex alzó la vista para mirarlo.

—¿Se refiere a los Conjuros Perdidos?

Alshuff le lanzó una mirada que él no supo interpretar. ¿Triste? ¿Paciente?

Álex notó un zumbido junto al oído derecho. Levantando la mano, le propinó un manotazo a la mosca. Falló. Casi habían llegado a la puerta.

—Ah, una cosa más —añadió Alshuff en voz baja y desenfadada—. A lo mejor queréis echar un vistazo a su tesis. Dudo que encontréis más información de la que ya os he dado, pero puede que os parezca interesante. Debe de estar en la biblioteca principal, junto con sus notas. Decid que vais de mi parte.

Echó un último vistazo al escarabeo mientras los tres invitados abandonaban el despacho en fila india.

—Con un pedigrí tan impresionante —le dijo a Álex, bajando la voz y forzando una sonrisa—, no me extrañaría que encontraras un rincón reservado para ti. —Se volvió hacia Todtman—. *Danke, Doktor.*

Tras eso, Alshuff cerró la puerta.

Todtman interpuso el pie bueno.

—Una pregunta más —se interesó—. ¿Todavía celebráis la noche de póquer en el departamento?

Alshuff esbozó una sonrisa fugaz, esta última más genuina que las anteriores.

—Cada viernes —informó.

Todtman asintió y retiró el pie. Alshuff cerró la puerta del todo.

Los amigos enfilaron por el pasillo hacia la salida más cercana. La mosca, advirtió Álex, partió con ellos.

—Ese tío miente como un bellaco —observó Álex cuando se alejaron lo suficiente del despacho de Alshuff.

—Desde luego, no es de fiar —convino Ren.

—¿Y a qué venía todo ese rollo del ptolemaico? —siguió diciendo Álex—. Mi madre siempre estaba hablando del Imperio Medio, del Imperio Temprano… de la parte egipcia del antiguo Egipto. ¡O sea, dudo mucho que los Conjuros Perdidos estuvieran escritos en griego!

Álex alzó la vista para comprobar si Todtman estaba a punto de salir en defensa de su «viejo amigo», pero el alemán parecía sumido en sus pensamientos. Así que Álex empujó la pesada puerta principal y entornó los ojos para protegerlos de la brillante luz solar.

—Y además lo hacía de pena —prosiguió Ren mientras cruzaban un enorme patio—. Estaba sudando la gota gorda y no nos miraba a los ojos. Mentir se le da fatal.

—Esa es la cuestión —intervino ahora Todtman, cuyo bastón golpeteaba el suelo con suavidad mientras caminaban—. Miente de fábula.

—Ejem… ¿seguro que hablamos del mismo tío? —preguntó Álex.

—Sí —insistió Todtman—. Me ha ganado montones de partidas al póquer. Es un fenómeno. Nunca sabes lo que está pensando. Su expresión jamás lo traiciona. Es famoso por ello en… ciertos círculos.

—Un momento —exclamó Ren—. ¿Es miembro de su…? ¿Cómo lo llama? ¿Club de lectura?

—Así lo llamas tú —señaló Todtman—. Nos consideramos, más bien, una sociedad de eruditos internacional.

Álex apenas si podía creerlo. *¿Cómo es posible que ese vejestorio de aspecto sospechoso sea miembro del mismo grupo secreto que Todtman?*

La madre de Álex también fue miembro en sus tiempos, pero ahora, por lo que parecía, prefería practicar una peligrosa partida en solitario. Él ignoraba el objetivo de ese juego, pero sí sabía que, igual que sucede en el póquer, la clave radicaba en el engaño.

—Entonces, ¿qué? ¿Echamos un vistazo al templo que ha mencionado o no? —preguntó Álex, impaciente por saber si la visita había sido algo más que una pérdida de tiempo.

—No —decidió Todtman—. Tienes razón, eso era mentira. A Maggie jamás le interesó la dinastía ptolemaica; ni siquiera habla griego.

—¿Casi todos los egiptólogos hablan griego? —se interesó Ren.

—Los que estudian ese periodo sí —aclaró Todtman—. Como dicen en Atenas: «*Mia glóssa den eínai poté arketí*».

—Claro, claro —resopló Ren—. Bueno, estaba mintiendo. ¿Y qué? ¿Quería que supiéramos que mentía? ¿Por qué?

—No creo que estuviera hablando solo para nuestros oídos —confesó Todtman.

Álex recordó el ojo morado.

—Puede que la Orden ya hubiera estado ahí —adivinó. Recordaba cómo había alzado la voz Alshuff, cómo prácticamente había gritado: «templo de Philae»—. Puede que sigan allí. Tal vez pensaba que nos estaban escuchando.

Cuando alcanzaban el final del enorme patio, Álex miró a un lado y a otro. Nadie los estaba siguiendo. Todtman los llevó a un estrecho callejón entre dos viejos edificios de obra vista.

—Por aquí —dijo.

—¿Adónde vamos? —preguntó Álex.

—Creo que no sería mala idea pasar por el segundo lugar que ha mencionado —opinó Todtman.

—El que ha mencionado en voz baja —apostilló Ren.

Álex lo captó también.

—El mismo que, según él, no tiene mucha importancia.

El alemán asintió.

—Vamos a echar un vistazo a la tesis, en la biblioteca.

—¡Pues claro! —exclamó Ren a la vez que se abofeteaba el cuello con fuerza—. ¡Esta mosca me está volviendo loca!

Qué bicho más pesado, pensó Álex. Doblaron la esquina y un enorme edificio de seis plantas despuntó ante ellos. A todas luces se trataba de la biblioteca.

—Veamos lo que estudiaba en realidad. Y, aún más importante, dónde —propuso Todtman a la par que contemplaba la imponente construcción—. Sea lo que sea lo que contienen, esos archivos remiten a sus raíces en este país; un rastro escrito de sus primeros años en Egipto. Pero mantened los ojos bien abiertos y los amuletos a punto.

Con esa advertencia, entraron en el fresco y silencioso mundo de la biblioteca central. La corriente de aire que provocó la apertura de las puertas atropelló a la persistente mosca, que se quedó fuera antes de recuperarse. Aterrizó en el cristal y miró al interior con sus ojos compuestos. Luego, por fin, se alejó zumbando.

Un velo de confusión alfabética

—Hala, esto es enorme —se asombró Álex—. Hay miles de libros.

—Es precioso —observó Ren.

Álex se volvió hacia ella y pensó sin mala fe: *Empollona.*

Un guarda plantado junto a la entrada los miró con desconfianza y les pidió sus carnés universitarios.

—¡Venimos de parte del doctor Alshuff! —proclamó Ren, que se puso de puntillas con el fin de que asomara algo más que su cabeza por el otro lado del alto mostrador.

No obstante, el interés que sentía el guarda por sus credenciales ya se había esfumado; lo hizo en el instante en que Todtman rodeó su amuleto con la mano.

—Somos estudiosos de paso —dijo. Álex pensó que la afirmación se ajustaba a la verdad. Ren y él, por poner un ejemplo, estaban en secundaria—. Y nos esperan. —Eso también era cierto, en parte. Álex únicamente rogaba para que no fuera la Orden la que los estuviera esperando.

—Por supuesto —respondió el hombre, ahora hablando como en sueños.

Se encaminaron al mostrador de información.

—Soy un profesor de Berlín —informó Todtman a la joven que lo atendía. En esta ocasión no recurrió al amuleto, sino que prescindió de su acento casi imperceptible para sustituirlo por otro ridículamente fuerte—. Necesito echar un vistazo a la tesis doctoral y a las notas de una colega.

La estudiante de doctorado alzó la vista hacia el hombre y luego la bajó hacia Álex y Ren.

—Sí —contestó—. El profesor Alshuff ya me ha dicho que vendrían. Están buscando un documento antiguo, según tengo entendido. Esos documentos están archivados. Por favor, síganme. —Se levantó—. Me llamo Hasnaa, por cierto.

Hasnaa los acompañó al ascensor y pulsó SÓTANO. Sus gestos delataban una seguridad tranquila, como si se sintiera a sus anchas. A Álex le recordó a su madre, como tantas otras cosas. Se preguntó si esta también habría trabajado en la biblioteca cuando hacía el doctorado.

Todos los demás subían, así que fueron los únicos que entraron en el ascensor cuando la puerta tintineó y la flecha de bajada se iluminó. Hasnaa sacó un llavero y rebuscó entre las llaves hasta encontrar una más pequeña que el resto. Álex tenía una igual de los ascensores del Metropolitano. La joven introdujo el llavín en una ranura del fondo del panel, la giró y luego pulsó el botón que decía: ARCHIVOS DEL SÓTANO, SOLO PERSONAL AUTORIZADO.

El botón se iluminó y empezaron a descender.

—Esto... ¿Hay alguna otra salida? —quiso saber Álex, incapaz de decidir si el vértigo que sentía se debía solo al ascensor—. ¿Por si se produjera —*una emboscada de la Orden*— un incendio?

Hasnaa lo miró con extrañeza.

—Hay escaleras, por supuesto —informó. El ascensor se detuvo con una sacudida y la puerta se deslizó a un lado. Hasnaa permaneció dentro cuando los demás salieron.

—Ustedes mismos —indicó—. Pero, por favor, nada de incendios.

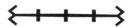

—No está aquí —dijo Ren.

—¿Estás segura? —preguntó Álex, que se inclinó para mirar por encima de su hombro.

—Ahora me tapas la luz —protestó ella—, pero sí, estoy segura.

Le habían encomendado la búsqueda no porque fuera diligente y concienzuda, que lo era, sino porque su corta estatura y sus dedos ligeros ofrecían el instrumento ideal para revisar el atestado estante inferior. Repasó los archivadores una vez más para asegurarse: BATTAR, BATTEN… Y luego directamente BAVALAQUA.

—Nada de *Bauer* —confirmó—. Pero esto es muy raro…

—¿Qué? —preguntó Álex. Cuando se echó hacia delante, proyectó su sombra otra vez.

Ren suspiró con fuerza.

—Ay, sí —dijo Álex, y retrocedió.

Ren observó el pequeño hueco que quedaba entre los archivadores. Le extrañó, habida cuenta de que en los demás estantes no cabía ni un alfiler. Hojas amarilleadas por el tiempo y resecos clasificadores de papel manila asomaban como plantas que han crecido demasiado. Tocó el hueco con los dedos. No había polvo allí. Luego alargó ambas manos y empujó el archivador de Batten lejos del de Bavalaqua. Escudriñó el espacio de más allá. Estaba oscuro ahí detrás, así que levantó el amuleto, no para preguntarle nada ni para obtener más imágenes incomprensibles, sino solo para…

Un intenso resplandor iluminó el fondo… e informó a Ren de lo que necesitaba saber. Cajas de material adicional se amontonaban detrás de la sección de tesis arqueológicas. Notas, cuadernos de campo, algún fragmento óseo quizás o pieza de alfarería… No estaba del todo segura, pero veía el hueco que había dejado allí una gran caja igual que una boca mellada.

—El archivo ha desaparecido —concluyó—. Alguien se lo ha llevado.

Se incorporó y se sacudió el polvo de las manos en los pantalones cortos.

—Supongo que Alshuff informó a la Orden en primer lugar —dedujo Ren—. Y ahora lo tienen ellos.

Alzó la vista hacia sus compañeros. Ambos la miraban como si acabaran de recibir un gran jarro de agua fría.

—No me puedo creer que Alshuff nos haya traicionado —musitó Todtman—. Aunque temiera por su vida…

—Traicionados —murmuró Álex—. Pero yo pensaba… —Dejó la frase en suspenso y luego sacudió la cabeza con fuerza, como hacía de vez en cuando—. Tiene que haber otra explicación. Todo indicaba que intentaba decirnos algo.

—Sí —confirmó Ren—. Quería que fuéramos a la biblioteca. Pero el archivo ha desaparecido.

Álex bajó la vista al suelo.

—Seguro que se nos escapa algo.

Ren decidió ignorar el comentario esta vez. Estaban en un punto muerto y no había más que hablar. La terquedad sin información solía meterlos en líos. Pero le apenaba ver a su amigo tan alicaído… y, ahora que lo pensaba, Alshuff había dicho algo más.

Se acordaba, porque el comentario le había provocado una pizca de celos.

—Bueno —dijo con un suspiro—, ha hecho un comentario raro de que algún día habría un sitio aquí esperándote.

Todtman la observó con atención.

—¿Qué pasa? —preguntó Ren.

—No se refería al futuro —aclaró él—. Hablaba del presente.

Ren rebuscó en su banco de memoria las palabras exactas:

—Ha dicho: «No me extrañaría que encontraras un rincón reservado para ti».

—Sí —convino Álex—. Un rincón reservado para mí. Y quería que lo buscáramos. ¡Lo sabía!

Ren lo miró con unos ojos como platos.

—¿Tú lo sabías?

Álex se encogió de hombros.

—De acuerdo, tú lo has deducido… pero ¡yo lo sospechaba!

Un rincón reservado para Álex Sennefer… Ren se encaminó directamente al anaquel que albergaba la letra S. Por desgracia para ella, en esta ocasión se trataba del estante superior. *A lo mejor si me pongo de puntillas…* Todtman la apartó a un lado.

—Quizá debería encargarme yo esta vez —sugirió.

—Bien —suspiró ella. Todo el mundo le decía que pronto daría el estirón, pero lo único que cabía responder a eso era: ¿CUÁNDO? Estaba hasta las narices de ser tan bajita.

Forzó la vista para leer las desvaídas etiquetas.

—¡Veo una B! —aulló Todtman en tono victorioso—. ¡Sí, aquí está!

Sacó un montón de gruesos archivadores.

—Sujetad esto —pidió, tendiéndolos tras de sí.

Álex fue el primero en alcanzarlos y los sostuvo fuera del alcance de Ren.

—Déjame ver —dijo.

Ren se inclinó hacia él para echar un vistazo.

—¡Me tapas la luz! —canturreó Álex.

Mientras tanto, Todtman observaba con atención la parte alta de la estantería. Las cajas de notas y materiales de apoyo de los anaqueles superiores se apilaban en lo alto del mueble. Ren procedió a leer los nombres de las cajas: desvaído rotulador negro sobre viejo cartón marrón.

—¡Allí! —exclamó, señalando una caja.

Y ahí estaba, el nombre de la mujer que todos buscaban, escondido a plena luz del día tras un simple velo de confusión alfabética.

—*Prima!* —exclamó Todtman. *Fantástico.*

Un momento después, su mano rodeó el amuleto y la pesada caja salió flotando para posarse en el suelo como una pluma.

Imágenes del pasado

Pusieron manos a la obra de inmediato, después de trasladar la caja y los archivadores a un grupito de mesas dispuestas en el centro del almacén. Los fluorescentes zumbaban en lo alto y hasta los estantes superiores parecieron acercarse, o esa sensación les dio, para ver mejor cómo Álex retiraba con cuidado la cinta adhesiva que cerraba la caja. La cinta cedió con una protesta casi inaudible.

A su lado, Todtman y Ren se repartían a medias las carpetas que contenían la gruesa tesis y los documentos finales. Les pareció un buen punto de partida, por cuanto ambos compartían una forma de pensar más basada en la teoría. Álex accedió encantado a hacer el trabajo sucio.

Escudriñó el interior de la vieja caja y palpó la capa superior. El trabajo de campo de su madre estaba allí dentro, en desordenados montones y cartapacios medio desparramados, en bolsitas con autocierre y recipientes de plástico. Había notas y fotos, fragmentos de piedra tallada y pedazos de loza arrancados del suelo egipcio.

Álex lamentó no saber lo que estaba buscando. ¿Habría estado allí su madre? ¿Le habría dejado una nota en la caja? ¿O debía aguzar los sentidos por si se trataba de algo menos evidente?

Empezó a sacar objetos y a depositarlos sobre el escritorio más próximo al tiempo que intentaba sacar alguna conclusión de aquel montón de trastos.

A diferencia de los pulcros impresos que Todtman y Ren leían con atención, casi todos los papeles que había encontrado Álex estaban escritos a mano: notas, fechas, círculos y subrayados. «¡GRAN DESCUBRIMIENTO!» rezaba el trazo de un lápiz gastado al principio de una hoja. El resto de la página estaba llena de cifras; coordenadas, tal vez, ¿o quizá mediciones? Álex no estaba seguro, pero las separó por si acaso.

Echó mano del recipiente más grande y miró a través del plástico opaco los antiguos fragmentos de loza que contenía.

El pensamiento de Álex divagaba mientras examinaba el viejo material. Trató de concentrarse y adoptar una actitud racional en lugar de emocional. En más de una ocasión se preguntaba: *¿Qué haría Ren en mi lugar?* Su amiga estaba sentada a pocos pasos de él, claro que sí, pero demasiado absorta en la lectura en diagonal de la vieja tesis como para charlar.

Alcanzó a ver la portada, que Ren había depositado en una esquina de la mesa a la que estaba sentada. SECRETOS ENTERRADOS: LOS ASPECTOS DESCONOCIDOS —Y PROHIBIDOS— DE LOS RITOS FUNERARIOS DEL IMPERIO MEDIO. Sonaba a algo que escribiría su madre, desde luego que sí.

Por desgracia, sus esfuerzos por adoptar un enfoque objetivo se fueron al traste entre el desordenado montón. Los materiales que contenía la caja eran demasiado personales como para eso. Aun en la facultad, la característica letra de la doctora Bauer ya empezaba a perfilarse. Las precisas y abruptas «aes» mayúsculas, que Álex tan bien conocía, compartían página con los bucles dobles de las «es» y el indescifrable misterio de sus «ges» y sus «cus».

Por momentos lo embargaba la emoción. ¿Acaso esa nota escrita en papel de cartas de un hotel contenía una pista sobre el paradero actual de su madre? ¿O esa postal de los templos de Abu Simbel, que nunca llegó a enviar?

Y todo —todo— transpiraba peligro. Hurgar entre aquellos papeles y bolsitas con pequeñas estatuas de barro y fragmentos de piedra exentos de etiqueta o explicación resultaba inquietante, como si en el momento menos pensado fuera a pincharse con un alfiler envenenado... Porque si daban con algo que los condujera hasta ella a través de las décadas, entonces, ¿qué?

Ya había albergado otras veces pensamientos parecidos, pero ahora le parecían más reales, más plausibles. Su madre siempre había cuidado de él, siempre hacía lo que era mejor para su hijo... y más necesario. Si tenía que llevarlo al médico por enésima vez, lo llevaba. Daba igual que acabaran de salir de la consulta o que Álex le suplicara que esperase un rato más. Ella tomaba las decisiones delicadas y siempre acertaba. *¿Se está equivocando ahora?*

«Queréis encontrarla —había dicho Alshuff—, pero ella no quiere que la encuentren.» En aquel momento, el hombre también decía la verdad. Costaba mucho seguir obviando esa realidad mientras manoseaban la vieja investigación de su madre. Pese a todo, mientras cerraba una bolsita, Álex habría querido encerrar esos pensamientos también.

Tenemos que dar con ella, se dijo por enésima vez. *Tenemos que encontrar los Conjuros.* El mundo entero dependía de ello. *Mi madre no es consciente de lo que nos estamos jugando.* Esa tenía que ser la explicación.

O puede que lo sepa perfectamente... Sacudió la cabeza para desembarazarse de la idea. Lo hizo con tanto ímpetu que el contenido de la carpeta que acababa de coger se derramó. Viejas fotos salieron disparadas por todas partes, algunas a la mesa y otras al suelo. Los otros dos se volvieron a mirar.

—Ooooh —exclamó Ren—. Fotos.

Cansada de tanta lectura, se levantó y se acercó. ¿Cuánto tiempo llevaban allí?, se preguntó Álex. Había estado tan absorto en el trabajo que no estaba seguro. Bajó la vista hacia las fotos desperdigadas por el borde de la mesa. Y allí estaba, mirándole, la mujer que muy pronto se iba a convertir en su madre. Parecía mucho más joven en la foto: tenía los carrillos más llenos y la piel enrojecida por el sol, pero no cabía duda de que se trataba de ella.

Era igual que mirar las fotos de unas vacaciones familiares a las que no te han invitado. Y entonces vio una instantánea en la que aparecía ella inclinada sobre un hoyo del suelo. Aunque llevaba una camisa ancha por fuera, el bulto de su vientre era evidente. Álex sí estaba allí, al fin y al cabo.

Ren recogió esa foto junto con otras más.

—Las fechas están escritas al dorso —dijo—. Deberíamos ordenarlas. Porque a *alguien* se le han caído.

El tiempo transcurrió sin que se dieran cuenta en aquel sótano sin ventanas y cercado de sombras. Cuando hubo vaciado la caja, Álex se quedó mirando los montones que había dispuesto sobre la mesa. Lo había hecho con la esperanza de ver algo que agitase su memoria, alguna pista secreta que solo él reconociera. Sin embargo, ninguna bombilla se había encendido en su mente, no había experimentado ninguna revelación. Acabó por clasificar los documentos y las fotos, cuidadosamente etiquetados, por ubicación. Ahora había grandes montones correspondientes a Alejandría, El Cairo, Lúxor y el Valle de los Reyes —emplazamientos que ya habían visitado— y otro montón de Abu Simbel, situado al sur. Y luego había pilas más pequeñas: Edfu, Minyahur, Asuán.

¿Estaría su madre en alguno de esos lugares? La había oído mencionarlos casi todos en algún momento u otro, pero, claro, era egiptóloga. El Cairo surgía a colación constantemente en su trabajo. En cierta ocasión le trajo una camiseta del rey Tutankamón, comprada en el Valle de los Reyes. ¿Sería una pista o tan solo una camiseta?

Echó un vistazo a los montones correspondientes a enclaves menos conocidos. Asuán le sonaba bastante y estaba completamente seguro de haber oído a su madre mencionar Minyahur. Intentó atrapar el recuerdo, que se escabulló a toda prisa como un taxi de Nueva York.

Todtman y Ren se acercaron para comprobar sus progresos.

—¿Has encontrado algo? —le preguntó su amiga.

—No estoy seguro —reconoció Álex, incapaz de disimular la decepción que lo embargaba.

—Ren —propuso Todtman—, ¿por qué no usas el ibis? Con toda esta información aquí delante, nos podría dar el último empujón.

Álex observó atentamente el semblante de Ren, pero esta había adoptado su mejor expresión de póquer. Ojalá pudiera ayudarlos, pero el ibis era un arma de doble filo, Álex lo sabía. Proyectaba imágenes del futuro en la mente de Ren. En ocasiones eran pistas, otras veces advertencias… y a menudo ella no sabía distinguir unas de otras. Sin embargo, ¿qué otra opción tenían ahora mismo?

—Bien —contestó ella.

Lanzó una última ojeada a los montones. A continuación inspiró hondo, echó mano de su amuleto y cerró los ojos. Al cabo de un momento, Ren ahogó una exclamación y abrió los ojos.

—¿Qué has visto? —le preguntó Álex.

Ella se volvió a mirarlo al tiempo que parpadeaba para reenfocar el presente.

—Nada —respondió.

Álex frunció el ceño, molesto. Sabía que a Ren no le gustaba cometer errores, pero ellos estaban allí para ayudarla si albergaba dudas.

—Venga —insistió—. Dínoslo.

Ren lo miró a los ojos.

—No, en serio, no había nada. Le he preguntado en cuál de los montones debíamos centrarnos, pero solo he visto un espacio en blanco.

—¿Te había pasado otras veces? —intervino Todtman.

Ren negó con la cabeza.

—Nunca. A veces me cuesta entender lo que veo, pero siempre me viene alguna imagen a la mente.

Todtman asintió.

—Puede que Maggie haya velado su paradero de algún modo, que lo haya protegido. —Observó los montones de papeles y fotografías—. Bien —prosiguió—. Nada de atajos. Tenemos que repasarlo todo otra vez. Debemos preguntarnos: ¿adónde iría, si todo el mundo la estuviera buscando? ¿Dónde se sentiría más segura? Prescindamos de los lugares que ya hemos visitado y centrémonos en los nuevos.

Se inclinó hacia delante para descartar los montones correspondientes a El Cairo, Alejandría, Lúxor y el Valle de los Reyes.

Álex observó las pilas restantes: Abu Simbel, Edfu, Minyahur, Asuán. Había oído hablar de las famosas tumbas de Abu Simbel y su madre había mencionado Edfu y Minyahur. Un recuerdo cruzó fugaz su pensamiento, amarillo y gris, pero no logró retenerlo. ¿Y por qué le sonaba tanto Asuán? Alargó la mano hacia

81

aquella pila, pero Ren fue más rápida, así que se sentó ante el montón de Minyahur y empezó a mirar las fotos.

Echó mano de una instantánea en la que aparecía su madre sentada en la arena, delante de una fogata, con una gran taza de metal en la mano. Atardecía y había una tetera calentándose sobre el fuego. Álex miró el rostro de la mujer. Descansaba tras una larga jornada. Se quedó absorto en la imagen y Todtman se inclinó para ver qué había encontrado.

—No es nada —dijo Álex, ligeramente avergonzado—, solo una foto sobre el terreno.

Todtman la miró más de cerca.

—Qué curioso. No sabía que tu madre tomara té.

—Casi siempre bebe café —explicó Álex—. Por la cafeína. Como tiene tanto trabajo… Pero muy de vez en cuando, toma té. Le gusta una marca en especial, no me acuerdo del nombre, pero lleva una flor morada en la etiqueta. A veces… en casa…

Apenas podía seguir hablando. Intentaba atrapar otra vez el escurridizo recuerdo: amarillo y gris…

Álex estaba enfermo aquel día y su madre llevaba en los brazos un montón de…

¿De qué? ¿Cuándo? ¿Por qué?

Oyó a Ren revolver unos papeles, pero no se atrevió a mirar. Casi lo tenía…

—¿Álex? —insistió Todtman.

—A veces bebía té para relajarse en casa.

Y tan pronto como pronunció la palabra «casa», se acordó. Se dirigían a casa. La imagen se perfiló, diáfana.

—Ahora me acuerdo —declaró, y los otros se inclinaron ligeramente hacia él.

—¿Te acuerdas de qué? —preguntó Todtman.

—Estaba lloviendo. —La voz de Álex parecía proceder de muy lejos, como si se hubiera perdido en sus recuerdos—. Mi madre salió temprano del museo para acompañarme al médico, otra vez, y se llevó un montón de trabajo a casa. Estábamos esperando para cruzar la Tercera Avenida y un taxi pasó demasiado cerca del bordillo.

—¿Te salpicó? —apuntó Ren—. Me revienta que hagan eso.

—Sí, exacto —dijo Álex—. Pasó por encima de un charco de agua sucia, uno de esos que tienen como una capa de aceite flotando en la superficie, y nos empapó.

—¡Qué asco! —intervino Ren.

—Sí, asqueroso —asintió Álex—. Y mi madre fue la que se llevó la peor parte. Recuerdo que me volví a mirarla y la vi ahí, abrazando las carpetas empapadas contra el abrigo con una expresión que venía a decir: «*Me rindo*».

—Por lo que cuentas, debió de ser un día horrible —opinó Todtman—. Pero me temo que no sé adónde quieres ir a parar.

—Sí —convino Ren—. ¿Por qué nos cuentas eso?

—Por lo que dijo a continuación. Lo farfulló entre dientes, pero yo estaba tan pendiente de ella que lo oí. Miró el abrigo manchado y las carpetas empapadas y dijo: «Hora de largarse a Minyahur». Entonces fuimos a casa y se preparó una gran taza de té hirviendo.

—¡Un momento! —exclamó Ren—. ¡He visto algo en las fotos!

Procedió a revisar las instantáneas del montón de Minyahur, de delante hacia atrás, y anunció:

—Aquí está. —Levantó otra fotografía—. Mirad la etiqueta —indicó en tono victorioso.

Álex observó la foto. Mostraba el mismo campamento, la misma tetera incluso, pero en esta su madre estaba de pie y sostenía un pequeño cuenco de alabastro. Debía de ser el gran hallazgo del día. Pero Álex no miraba el cuenco. Observaba el pequeño recipiente de metal que descansaba a los pies de su madre. Se trataba de una lata de té en hebras con una flor morada en la etiqueta.

—Pásamela —pidió.

Los tres se apiñaron en torno a la foto mientras Álex la miraba con atención. Le gustaba porque su madre aparecía sonriendo. Mostraba el cuenco a la cámara, como presumiendo delante de quienquiera que la estuviera retratando.

—Parece muy contenta —observó Ren.

—Se la ve muy a gusto —asintió Álex—. Es la misma expresión que tenía en casa cuando estaba relajada.

Todtman escudriñó el tramo de desierto que se extendía tras el campamento.

—Es una posibilidad —comentó—. Un pueblo que ella conoce bien, pero remoto y escondido.

Álex meditó la idea. Cuando la vida en la urbe la superaba, cuando tenía la sensación de que no podía más, su madre soñaba con perderse en una pequeña aldea del desierto llamada Minyahur. Lo consideraba el lugar ideal para alejarse de todo. ¿Y qué mejor modo de describir lo que estaba haciendo ahora mismo, empeñada en huir tanto de sus enemigos como de sus amigos?

Alejarse de todo, pensó Álex.

Pero no por mucho tiempo.

Una mezcla loca de sentimientos se arremolinó y se apoderó de Álex: emoción, nerviosismo, lealtad y pérdida. Pero la que bullía por encima de todas las demás era el amor.

—Me parece que ya sabemos adónde ir —decidió.

Ren se volvió a mirar a Tod.

—Usted nos ha dicho que buscásemos el sitio donde se sentiría más segura. —Señaló la foto—. Eso encaja con esta foto al pie de la letra. O sea, de la letra «te».

Todtman no prestó atención al juego de palabras.

—Sí —asintió animado—. Recojamos todo esto y partamos de inmediato.

Álex se guardó la fotografía en el bolsillo trasero de los vaqueros y, entre los tres, procedieron a devolver el material a la caja. Ren echó mano del fajo que había estado revisando.

—Asuán —comentó—. ¿No es de allí de donde procede el templo de Dendur?

—Ah, sí —respondió Álex. La enorme sala acristalada que albergaba el antiguo templo de piedra era su favorita de todo el Museo Metropolitano de Arte—. De eso me sonaba el nombre.

Se permitió esbozar una pequeña sonrisa. Por un fugaz instante, las cosas habían cobrado sentido. Pero su sonrisa se esfumó tan deprisa como había aparecido.

—¿A qué huele? —preguntó Ren—. Debe de haber una rata podrida por aquí.

Se tapó la nariz y miró a Álex para comprobar si él lo notaba también. Sin embargo, la expresión de su amigo no era de asco. Era de miedo.

—No es una rata —dijo—. Conozco ese olor.

Esas mismas palabras resonaron por el laberinto de estanterías que discurría a su espalda.

—No es una rata. Conozco ese olor.

La voz era idéntica a la de Álex salvo por un leve zumbido.

Los amigos se dieron media vuelta y avistaron una pesadilla que caminaba pesadamente hacia ellos. No era la primera mosca que los seguía aquel día.

No obstante, sí era la más grande. Superaba a la otra en más de un metro ochenta.

Mosquita muerta

—Sabía que estabais escondidos en alguna parte de este edificio.

La mosca había empleado su propia voz en esta ocasión. No salió ganando precisamente. Álex sintió escalofríos al oír aquel timbre chirriante y destemplado. Cierto que no había nada en aquella mosca que no te pusiera los pelos de punta: las mugrientas prendas de ropa pegadas al cuerpo, como pringosas de grasa; la forma que tenía de fruncir y hacer restallar esos labios tan pequeños y tan raros, que parecían tener vida propia.

—¡Claro, porque el viejo te lo contó todo! —gritó Ren, haciendo lo posible por disimular el miedo que sentía. Se volvió rápidamente hacia Todtman y articuló sin sonido: «*Usted no*». Pero el erudito alemán no le prestaba atención. Su vista pasaba del enemigo que se acercaba a las pruebas amontonadas.

La mosca ladeó la máscara y miró fijamente a Ren con sus protuberantes ojos compuestos.

—El viejo no me contó nada más que mentiras —replicó la mosca, cuya voz rota delataba cierta sorna—. Un pajarito me dijo que estabais aquí.

Levantó la mano derecha y extendió un índice largo y nudoso. Pero no fue un pajarito el que aterrizó en el dedo, sino un susurrante punto negro. La mosca se posó un instante en la peluda extremidad antes de salir zumbando.

—Esa mosca… —empezó a decir Ren.

—Era un espía —terminó Álex con los ojos llorosos del pestazo.

—No hay que fiarse de los viejos —añadió la mosca, cuyo comentario iba dirigido a Todtman.

El anciano Guardián del Amuleto desvió por fin la atención de los papeles amontonados para concentrarse únicamente en la mosca. A Álex se le cayó el alma a los pies cuando comprendió la razón de que Todtman hubiera estado tan distraído: si el hombre insecto revisaba esos documentos, vería que estaban clasificados en función del escenario. Todos buscaban a la misma persona y, a diferencia del grupo de amigos, la Orden poseía fuerzas suficientes para cubrir todos aquellos territorios al mismo tiempo. Álex fulminó con la mirada al acólito enmascarado. La Orden no solo se interponía entre ellos y su destino, ¡también amenazaba con llegar allí en primer lugar!

—No es nada propio de ti dar lecciones acerca de la vida, Aff Neb —dijo Todtman, poniendo así nombre al horror—. Se te da mejor la muerte.

Los múltiples ojos de Aff Neb titilaron como agua cuando cambiaron de enfoque.

—Es verdad —graznó—. La muerte sabe mejor… Permíteme que te lo demuestre.

La boca de Aff Neb hizo un puchero y restalló una vez más antes de lanzar una densa vaharada de vapor parduzco. Expandiéndose, el apestoso humo inundó el pequeño pasillo que discurría entre las estanterías.

—¡No lo inhaléis! —gritó Álex antes de plantarse la mano sobre la boca y la nariz.

—¡No me digas! —exclamó Ren, que miraba con ojos desorbitados la porquería que flotaba hacia ellos.

Ahora, a pocos pasos de donde se encontraban, la nube emanaba su hedor igual que mil pies sudados. Álex contuvo el aliento y, destapándose la boca, llevó una mano al amuleto y desplazó la otra hacia delante.

El viento místico se levantó con una rapidez de agradecer. Haciendo volar libros y papeles a su paso, empujó la apestosa nube de vuelta a su origen.

—¡Ugh! —jadeó Álex. Exhaló el aliento enrarecido que contenía desde hacía un rato y tomó una bocanada de aire que olía como a lluvia inminente.

Aff Neb se quedó tan ancho cuando aspiró su propio hedor.

—Veo que habéis trabajado mucho —comentó al tiempo que miraba la caja medio llena y los papeles restantes—. Decidme, ¿qué habéis averiguado?

Álex intentó interponerse entre la mirada de los mil ojos y la mesa, pero había maneras mejores de obstruir las vistas.

—¡Eh, mosquita muerta! —gritó Ren.

Los ojos de Aff Neb centellearon mientras se volvían a mirarla. Estaban formados por miles de lentes… pero sin párpados. Ren estrujó su ibis con fuerza.

¡FOOOP! Una cegadora luz blanca inundó la penumbra del sótano.

—¡Agh! —exclamó la mosca, cuyas manos no llegaron a tiempo de proteger sus espeluznantes faros.

La luz también deslumbró a Álex, pero antes incluso de que los brillantes puntos se desvanecieran ya se había acercado a la mesa y había guardado deprisa y corriendo los montones en la vieja caja.

—¡Lo tengo! —dijo al mismo tiempo que la tapaba.

—¡Vamos! —gritó Todtman, y los tres Guardianes del Amuleto se dieron media vuelta para echar a correr.

Sin embargo, mientras lo hacían, Álex atisbó movimiento en los huecos de las estanterías. En el intersticio que quedaba entre la parte superior de los viejos libros y archivos y los estantes superiores, vio tela, brazos, piernas, un fugaz destello metálico... ¡pistolas!

—Esto, chicos —advirtió cuando se alejaban corriendo de Aff Neb para refugiarse en el siguiente pasillo.

—Los he visto —dijo Todtman.

—¿Qué vamos a hacer? —preguntó Álex. Aff Neb se había recuperado y ahora se precipitaba hacia ellos. Entre las estanterías, los esbirros de la Orden aguardaban para emboscarlos.

—Alejaos de las estanterías —ordenó Todtman.

Pronunció las palabras con un suspiro triste, casi compungido, y Álex comprendió de repente lo que se proponía.

—Oh, no —se lamentó Ren, que acababa de adivinarlo también... y compartía las doctas reservas de Todtman.

El anciano erudito detestaba lo que iba a hacer, pero no titubeó. Estrujó con fuerza el halcón lanzando un leve gruñido a causa del esfuerzo. Para cuando llegaron al estrecho paso que se abría al final de la primera fila, las pesadas estanterías de metal ya habían empezado a caer como fichas de dominó.

Toneladas de volúmenes encuadernados y pesados archivadores se precipitaron al suelo. Poco después, las estanterías de metal y las cajas apiladas que pesaban el doble cayeron también.

—¡GAAAAGH! —chilló Aff Neb cuando la voluminosa estantería que acababan de dejar atrás se desplomó encima de él y lo apresó contra la siguiente, que también se vencía. Al otro lado, los esbirros de la Orden caían aplastados como bichos. En alguna parte sonó un disparo cuya explosión quedó sofocada cuando la bala se alojó en el libro contra el que impactó.

Plantados en el minúsculo claro, entre un auténtico apocalipsis de papel, Todtman y Ren miraban horrorizados a su alrededor. Incluso Álex se había quedado de una pieza al comprobar con qué facilidad décadas de investigaciones meticulosamente clasificadas habían quedado reducidas al más absoluto caos.

—Tardarán siglos en volver a clasificar todo eso —gimió Ren.

Seguían observando el destrozo cuando sus perseguidores empezaron a empujar para liberarse. Un brazo golpeó una pila de libros a la izquierda, un murmullo de papeles rotos se dejó oír a la derecha y luego: ¡FUUUMP! Un montón de volúmenes salió volando casi hasta el techo por efecto de los poderes telequinéticos de la mosca.

—¡Allí! —gritó Todtman a la vez que señalaba una puerta en la pared más cercana—. ¡La escalera!

Álex y Ren procedieron a abrirse paso entre libros, archivadores y estantes caídos. Ren avanzaba con cierta rapidez, saltando de una zona despejada a la siguiente, pero Álex iba cargado con una pesada caja y no podía saltar. Tenía que buscar superficies más o menos estables para apoyar los pies.

—¡Date prisa! —lo azuzó Ren—. ¡Nos están apuntando!

Álex se volvió a mirar. Ahí estaba: una mano esgrimiendo una pistola negra entre documentos amontonados. Recurriendo al escarabeo, Álex empujó la pistola, que salió disparada, girando sobre sí misma, a la otra punta de la estancia; pero sabía que habría más. Tenían que llegar a las escaleras cuanto antes, y si a él ya le costaba avanzar por aquel terreno inestable, ¿cómo se las iba a arreglar Todtman, con sus problemas para andar?

—¡Cuidado! —gritó Todtman, que pasó por su lado zumbando.

Álex se apartó como pudo. Luego miró. Y volvió a mirar. Todtman llevaba su amuleto en la mano y un libro debajo de cada pie. El chico no daba crédito a sus ojos. El anciano alemán había recurrido al halcón para desplazarse sobre viejos volúmenes como si fueran patines; la superficie plana de cada libro flotaba a pocos centímetros del destrozo desperdigado. El hombre planeó hacia la puerta como un insecto que patina por la superficie de un estanque.

Al divisar unos tomos grandes allí delante, Álex miró su propio amuleto. *Ni hablar*, pensó. Todtman llevaba años practicando con su talismán. Si Álex lo intentaba, el resultado sería: 3, 2, 1… ¡trompazo! En vez de eso, Ren y él saltaron, tropezaron y corretearon sobre la última mitad de estantería.

Todtman fue el primero en llegar a la pesada puerta de incendios que conducía a las escaleras. Tan pronto como los otros dos la alcanzaron, la abrió.

Álex se quedó sin aliento cuando escudriñó el hueco del otro lado… y vio las pistolas que los estaban esperando.

Había tres hombres apretujados contra el quicio y otros tres dos peldaños más arriba, todos esgrimiendo pistolas semiautomáticas. Con dos cañones apuntando a su cara, cualquier intento de alcanzar su amuleto significaría una muerte segura, comprendió Álex. O puede que les disparasen a todos en cualquier caso.

—¿Qué pasa? —chirrió una voz desde atrás—. ¿Pensabais que no habríamos cubierto las salidas?

Álex y los demás se volvieron despacio a mirar a Aff Neb. Las pistolas que antes les apuntaban a la cara se clavaron ahora en sus vulnerables espaldas.

—Me voy a llevar esa caja —anunció la mosca. La pringosa túnica había mudado en harapo y las ocho mil lentes de sus ojos destellaban con rabia. Otros pistoleros emergían de entre el amasijo de libros y se situaban junto a su jefe. Con los cuerpos maltrechos y las pistolas en ristre, parecían ansiosos de apretar el gatillo.

Álex era muy consciente de que no era el momento ideal para hacerlos rabiar y sin embargo…

Lanzó una ojeada a la caja. Por culpa suya, los Caminantes de la Muerte habían escapado de su encierro. Por culpa suya, la Orden había ejecutado sus planes. Y ahora le pedían que entregase las llaves de la victoria también.

—Toma —dijo al tiempo que le tendía a la mosca el pesado cubo de cartón que llevaba debajo del brazo.

—¡Álex! —susurró Ren.

—No lo hagas —suplicó Todtman.

No lo haría. Por nada del mundo.

Cuando Aff Neb dio un paso adelante, Álex prolongó el movimiento y lanzó la caja hacia el techo con todas sus fuerzas.

—¡Cogedla! —gritó Aff Neb.

No obstante, mientras los ojos de todos los presentes seguían el humilde vuelo de la caja, Álex asió raudo su amuleto, desplazó hacia delante la mano libre y arrasó literalmente el objeto con una lanza de viento concentrado. La vieja caja de cartón se hizo pedazos. Lo último que Álex vio fue una lluvia de papel, fotos y fragmentos de loza dispersándose en el aire y aterrizando en el caos que los rodeaba. El suelo estaba sembrado de papel, fotos y loza procedente de las otras cajas y archivadores.

Eso los mantendrá ocupados un buen rato, pensó.

En aquel momento, la culata de una pistola le golpeó la cabeza y la oscuridad se lo tragó.

En el foso

Álex recuperó la consciencia despacio. Notaba un dolor difuso en la coronilla, el tacto de la piedra contra la piel y algo áspero en la cara y en el cuello. Alargó la mano para palparse la cabeza. En cuanto sus dedos rozaron el delicado chichón, recordó cómo se lo había hecho.

Cuando acabó de abrir los ojos, lo cegó una luz estridente. Se obligó a sentarse y miró hacia arriba buscando a Aff Neb o a sus esbirros. Pero tan solo vio las paredes suavemente curvadas de un foso profundo y redondo y, mucho más arriba, el despejado cielo azul del desierto.

¿Dónde estaba? ¿Por qué…?

—Buenos días, Álex —oyó—. O, más bien, buenas tardes.

Todtman. Mientras se volvía en dirección a la voz, Álex se sorprendió al notar cómo el escarabeo se desplazaba en su pecho. ¿Aff Neb no se lo había llevado?

El anciano alemán estaba sentado contra la tosca pared del foso, un tanto desmejorado. Incluso su famosa americana y su inseparable bastón habían desaparecido. Ren descansaba a su lado. Álex notó cómo la tensión de sus músculos cedía una pizca. Suspiró profundamente y volvió a tomar aire.

—Me alegro de que estéis bien —dijo.

—¿Lo estamos? —preguntó Ren—. Lo dudo mucho. Yo me alegro de que tú estés despierto o consciente o lo que sea... pero eso no significa que podamos salir de aquí.

Señaló la boca del foso.

Álex echó un vistazo rápido a su alrededor. El foso debía de medir unos doce metros de profundidad y otros tantos de largo, como mínimo, y las paredes mostraban tonos que abarcaban desde el color tierra hasta el blanco hueso. *Piedra caliza*, pensó. *Igual que en el Valle de los Reyes*. Hacía calor. Alargó la mano para retirarse la arena que, con el sudor, se le había pegado a la cara y al cuello.

—Estamos en el desierto —dedujo.

—Sí —confirmó Todtman, que ahora se levantaba haciendo una mueca de dolor—. En alguna parte del desierto central, si no me equivoco. No ha sido un vuelo muy largo.

¿Vuelo?, se extrañó Álex. Debía de llevar grogui un buen rato.

—¿Le han... hecho daño? —preguntó. Era una pregunta tonta. El corte que llevaba Todtman sobre el ojo izquierdo y el bulto debajo del derecho hablaban por sí solos. Le habían dado una paliza. Lanzó una breve ojeada a Ren y respiró aliviado al descubrir que estaba ilesa en apariencia.

—Puede que me haya resistido un poco —reconoció Todtman avanzando unos cuantos pasos. Privado de su bastón, cojeaba ostensiblemente de la pierna donde le había picado un escorpión cuando perseguían al primer Caminante de la Muerte. Empezó a recorrer el foso a paso de tortuga. Ren se levantó de un salto para caminar a su lado. Su ibis y el halcón de Todtman reposaban visibles sobre sus pechos. Álex gimió cuando se puso de pie para unirse a ellos.

—¿Por qué no nos liquidaron en Alejandría? —preguntó. Siguiendo el lento avance de Todtman, se acercaban a un nuevo tramo de la pared levemente curvada del foso. Álex no tenía la menor idea de adónde se dirigían. Por lo que parecía, no había forma de entrar o salir de allí, ninguna puerta, escalera o cuerda.

—Sí, es raro —reconoció Todtman, y se detuvo—. Puede que quieran averiguar lo que sabemos.

Un gélido estremecimiento recorrió a Álex. *Minyahur.*

—¡No podemos decirles nada! —exclamó en tono apremiante.

—Es posible que no tengamos elección —sentenció Todtman, y ese mismo escalofrío recorrió a Álex de vuelta. Tortura. Magia. ¿Hasta dónde llegaría la Orden? Decidió allí y entonces que podían hacerle lo que quisieran. Después de todo el sufrimiento que había causado, merecía un poco en carne propia. Además, llevaba toda la vida bregando con el dolor. Sin embargo, no temía por sí mismo. Miró a Ren de reojo.

—Pero puede que las cosas no lleguen tan lejos —prosiguió Todtman. Levantó su barbilla, como de rana, para señalar un grupo de símbolos tallados en la pared. Las superficiales marcas apenas si contrastaban con la piedra clara.

—¿Por qué no son más profundas? —quiso saber Álex.

—Lo eran —explicó Todtman—, pero se han ido desgastando con el paso del tiempo. Estos símbolos son muy antiguos; incluso para los estándares egipcios.

—¿Del Imperio Antiguo? —preguntó Álex.

—En efecto —respondió el anciano—. De unos cinco mil años de antigüedad, diría yo.

Automáticamente, Álex y Ren rodearon sus amuletos con la mano. Apenas unos segundos después, los soltaron.

—Qué raro —observó la chica—. Normalmente el ibis me traduce los jeroglíficos.

Todtman asintió.

—Como ya os he dicho, son muy antiguos. Versiones previas de los jeroglíficos que conocemos hoy día. Pero creo que podré descifrar alguno que otro. Estos —señaló los apretujados símbolos que tenían delante y luego otro grupo, situado unos metros más allá— y estos.

—¿Qué dicen? —se interesó Ren.

Todtman recorrió con el dedo la suave muesca del más cercano. Hizo un mohín y echó un último vistazo antes de pronunciar su veredicto.

—Me parece que está muy claro —declaró—. Nos han traído aquí para ser… —Señaló el último símbolo de la fila inferior—. ¿Veis este? Se parece mucho a un jeroglífico más común, que aparece en casi todas las tumbas del Imperio Medio.

—¿Muerte? —adivinó Álex—. ¿Funeral?

—Casi —respondió Todtman—. Un sacrificio, una ofrenda.

Álex observó el símbolo con expresión sombría, mareado de sus propias conclusiones. Por un momento pensó que se volvería a desmayar. De haber sido así, tal vez se hubiese ahorrado el sufrimiento, porque ahora entendía por qué les habían dejado conservar sus amuletos. En el antiguo Egipto se practicaban todo tipo de sacrificios para apaciguar a los espíritus y complacer a los dioses. Les ofrecían de todo, desde animales grandes como bueyes hasta tesoros de valor incalculable.

Miró su escarabeo. Los amuletos eran los tesoros.

Y ellos eran los animales.

Atrapados en la red

—Tenemos que salir de aquí —decidió Todtman, mirando hacia el cielo con los ojos entornados—. Y si lo logramos, nos habrán llevado a medio camino de nuestro destino.

Mirando a su alrededor, Álex intentó que su alterado pulso se apaciguase. Estaban hundidos en la miseria —literalmente— pero la presencia de Todtman le proporcionaba la seguridad que le faltaba. Debían hacer lo posible por escapar. Sin embargo, tenían que hacerlo de manera inteligente. Recordó la mosca espía de la universidad y supo que aquel pozo podía estar vigilado también de algún modo insospechado.

—Entonces, ¿el sitio ese está cerca?

Todtman asintió.

—Está en el desierto del sur.

—Sí, siempre y cuando consigamos salir de aquí —puntualizó Ren—. Y si no podemos, seremos carne de cañón. O de sacrificio.

Álex observó las paredes.

—Tiene que haber una salida en alguna parte.

—Hay una apertura —apuntó Todtman—. A unos tres metros de altura, detrás de nosotros.

—Sí —confirmó Ren—. Nos metieron aquí por una especie de puerta. Tuvimos que atraparte al vuelo. Pero ahora no la veo.

Álex miró la piedra a la altura indicada.

—Yo tampoco —dijo.

—En teoría, no debería verse desde abajo —explicó Todtman. La sombra de las paredes del foso oscurecía la zona donde él se encontraba, de tal modo que el sol bañaba su cabeza y sus hombros mientras que la parte inferior de su cuerpo quedaba sumida en luz gris. Mientras Álex miraba al erudito, la sombra se desplazó y aumentó de tamaño. ¡Algo se estaba moviendo junto a la boca del pozo!

Álex se dio media vuelta a toda prisa.

—¿Marrauc?

El extraño maullido que tan bien conocían resonó claramente en el vacío del foso.

Álex respiró aliviado. Era la amiga no muerta de Ren, la misteriosa gata momificada que la chica había liberado de los restos de una vitrina en Londres. La vieron en el Valle de los Reyes por última vez, que no debía de estar muy lejos de allí, comprendió Álex súbitamente.

—¡Pai! —exclamó Ren, pero se arrepintió de inmediato. Incluso a doce metros más abajo, advirtieron cómo la gata momificada agachaba las patas traseras para saltar—. ¡No lo hagas! ¡Pai! ¡No! —gritó Ren, pero era demasiado tarde. El felino, retozón en vida, ya había dado el salto. Surcó el vacío del pozo con las patas algo separadas y las vendas ondeando al viento.

Ren echó a correr hacia ella, como un jardinero[1] que intenta atrapar una pelota alta, pero no llegó a tiempo. Se encogió

---

1. En béisbol, cada uno de los tres jugadores situados en el fondo del campo, conocido como «jardín», encargados de atrapar la pelota bateada por el bateador de turno. (*N. de la T.*)

con un gesto de dolor cuando Pai se estrelló contra el suelo delante de ella.

¡FFOOOMP!

Pai cayó despatarrada, como un paracaídas. Sin embargo, para cuando Ren llegó a su altura, la gatita momia estaba plantada en mitad de la nube de polvo y arena que había levantado con la caída y se lamía la pata delantera tan tranquila.

—¡Marrauc! —maulló cuando Ren la recogió.

Álex se arrimó a Todtman.

—Está visto que los gatos sí tienen siete vidas; incluso los no muertos.

A metro y medio de allí, Ren tomaba una de las harapientas patitas de Pai para fingir que los saludaba.

—Pai dice «hola» —anunció. El miedo la empujaba a hacer tonterías.

La gata momificada abandonó su regazo de un salto. Pai-en-Inmar, sagrada sirvienta de la diosa con cabeza de gato conocida como Bastet, tenía su orgullo.

Todtman observaba el pequeño episodio con expresión sombría.

—Decidme —caviló—. ¿Habíais visto a este gato a la luz del día anteriormente?

Álex meditó la respuesta.

—No es lo habitual —dijo—. Pero una vez la vimos al anochecer. Con el rey Tut.

Al oír mencionar al rey niño, Todtman enarcó las cejas. Álex reparó en el gesto y continuó:

—Era un chaval bastante majo. Y duro de pelar. Ojalá anduviera por aquí para echarnos una mano.

—No me gusta ni un pelo —declaró Todtman.

—¿Qué es lo que no le gusta? —preguntó Ren, que se acercaba hacia ellos con Pai en brazos.

—Nada de todo esto —respondió Todtman—. Una momia vulgar es una cosa, y las voces fantasmales de El Cairo eran incorpóreas. Pero Pai es una criatura sagrada y poderosa. Solía visitar este mundo durante la noche y ahora lo recorre a plena luz del día. Vosotros dos viajasteis a la otra vida y algo os siguió al exterior. Cada Caminante de la Muerte que se cruza en nuestro camino es más poderoso que el anterior. Y Tutankamón, un faraón, un dios viviente, estuvo entre nosotros…

—De acuerdo, pero ¿qué tiene eso de…? —empezó a decir Ren.

—El Reino Final —la interrumpió Todtman en tono quedo.

Álex, que había estado observando las paredes del pozo buscando una puerta oculta u otra posible vía de escape, se atragantó. Aquellas dos mismas palabras habían salido de los resecos labios del último Caminante de la Muerte.

—Espere, ¿qué? —preguntó Ren—. En serio, ¿qué?

El más joven se lo explicó. Sabía que a su amiga le reventaba estar en la inopia.

—Es cuando, o sea, el mundo de los vivos y el de los muertos se unen, cuando las barreras que los separan se abren y… —Se volvió hacia Todtman. Habían pasado muchos años desde que su madre le contara la historia—. ¿Qué pasaba entonces?

Todtman bajó la vista hacia el gato momia, sobre cuyo lomo caía ahora un rayo de sol.

—Y la vida y la muerte se mezclan como las aguas del Nilo.

—Así pues… Un momento, ¿es eso lo que está pasando? —preguntó Ren, atando cabos a toda prisa—. ¿Los Conjuros, la Orden, los Caminantes de la Muerte… y Pai?

—¿Marrauc?

—Eso creo —confirmó Todtman. El anciano alemán conservó un tono distante y monocorde mientras hablaba, como si se refugiase del miedo en su propia racionalidad—. Los Conjuros abrieron un portal entre el mundo de los vivos y el de los muertos. Una brecha, una vía de escape. Los Caminantes de la Muerte estaban a la espera, y huyeron. Pero ahora los muros se están desmoronando. Las fronteras se están abriendo. Si lo hacen, los dos mundos se unirán, y muertos y vivos coexistirán en un mismo plano. Habrá un solo reino, en el que la Orden y sus Caminantes serán imparables.

Álex clavó la vista en el arenoso suelo de piedra. Ese sentimiento de culpa que crecía en él por momentos lo estrujaba ahora como unos dedos afilados. Mantuvo la mirada gacha por si acaso los demás lo estaban mirando. Esa brecha se había abierto para que él pudiera cruzarla, para traerlo de vuelta... Sintió una necesidad súbita y abrumadora de hacer algo —lo que fuera— de intentar reparar el daño. *Si al menos pudiéramos llegar a Minyahur*, pensó.

—Bien, no pienso morir en este agujero —declaró, desesperado por actuar—. A lo mejor podemos abrir esa puerta oculta con nuestros amuletos... Quizá si me subo a sus hombros...

Todtman asintió.

—Es posible. Me preocupa lo que pueda haber detrás de esa puerta, pero...

Sin embargo, la entrada ya se estaba abriendo allá arriba.

Los amigos se volvieron a mirar el origen de aquel rechinar de piedra contra piedra. La puerta se deslizó hacia dentro y por fin reveló sus bordes disimulados a conciencia. Molesta por el ruido, Pai se refugió en la sombra que proyectaba la pared más cercana. Álex, por su parte, miraba ansioso la oscura cavidad. Un instante después, una amenazante figura ocupó el hueco.

El hombre avanzó un paso, tan alto y corpulento que su cuerpo parecía llenar la gruesa túnica negra al completo. Los miró a través de los orificios de una máscara dorada.

—Otro acólito —susurró Álex, hipnotizado por el detallado realismo de la máscara de oro y el violento ángulo del pico de hierro.

—No —susurró Todtman—. Este es el cabecilla.

Álex identificó por fin la imagen que representaba la máscara. Se trataba de un buitre egipcio, una especie famosa por ser un temible depredador pero también un carroñero oportunista. Tenían delante al líder del antiquísimo culto a la muerte que les había seguido los pasos a lo largo de tres continentes. Y ahora el hombre se disponía a hablar.

—Bravo por vosotros —dijo—. Me habéis causado más problemas de los que imagináis. Habéis conseguido quitarme el sueño.

La máscara de buitre poseía dos pequeños orificios para los ojos y Álex captó un resplandor sutil en las tinieblas posteriores, un amago de blanco y un destello de luz. El hombre hablaba en plural, pero tenía la mirada clavada en Álex.

—Ya debería haber acabado con vosotros pero, incluso ahora, estoy dispuesto a ofreceros un trato. Decidme lo que sabéis a cambio de vuestras míseras vidas… —Álex todavía tenía la sensación de que el hombre se dirigía solo a él, pero una milésima de segundo más tarde la mirada se desplazó para abarcar a los demás. Buscaba quien comprase su oferta. Al no encontrar a nadie, la retiró—. Pero me mentirías. Os torturaría y me asomaría a vuestra alma… y seguiríais mintiendo. Guardianes, os creéis unos héroes y sin embargo mentís con la misma facilidad con que respiráis… Eso me lleva a preguntarme si de verdad somos tan distintos.

Pero no se lo preguntó durante mucho tiempo. Se volvió nuevamente hacia Álex y continuó.

—Lo siento mucho, pero todo ha terminado. Pronto sabremos lo que encontrasteis en esa biblioteca. —Álex lo fulminó con la mirada—. Habéis llevado a cabo vuestro cometido y la agonía ha terminado, pero sabed dos cosas antes de morir. En primer lugar, habéis servido a una noble causa. Vuestro sacrificio nos otorgará el favor, y más control, de un poderoso aliado. En segundo lugar, la muerte, como estoy seguro de que ya habéis comprendido a estas alturas, solo es el principio del viaje.

Álex atisbó unas recias botas de cuero, que asomaban apenas por debajo de la orilla de la túnica. Los pies rozaban el borde de la piedra. No sería la primera vez que el amuleto de Álex hacía saltar a un hombre por los aires. ¿Qué tal le sentaría un buen tirón? Sin embargo, mientras deslizaba lentamente la mano hacia el escarabeo, notó un repentino picor en los dedos acompañado de calambres. Había perdido el control de su propia mano, que al cabo de un momento cayó otra vez con un movimiento convulso.

—Ay, Álex… Álex Sennefer… Me gusta luchar. Ya lo creo que sí. Pero, te lo aseguro, soy yo quien manda aquí.

La mirada del líder pasó de Álex a Todtman. Los ojos del chico siguieron su trayectoria y vio que las manos del anciano alemán, pegadas a sus costados, sufrían ligeras convulsiones también.

El alemán optó por razonar con el enmascarado.

—Estás jugando a un juego muy peligroso —dijo—. Con tu ansia de poder, estás desatando fuerzas que no puedes…

—Ah, pero es que no es un juego en absoluto —replicó el líder—. Se trata de algo terriblemente serio. Y tú eres el menos indicado para subestimarme. —Se interrumpió, pero Álex no supo adivinar si lo hacía para disfrutar del momento o para lamentarlo. En cualquier caso, el líder cerró su discurso con un broche de oro—. Que os divirtáis al otro lado.

Tras mirar a Álex por última vez, dio media vuelta. La orilla de la túnica ondeó con el movimiento. Álex y Todtman buscaron sus amuletos, pero era demasiado tarde. Dos rápidos pasos devolvieron al hombre a las tinieblas del fondo. Había desaparecido. La piedra rechinó contra la piedra y la puerta empezó a cerrarse despacio.

—¡Para! —gritó Todtman—. ¡Déjala abierta!

Álex aferró su amuleto con la mano izquierda y, desplazando la derecha hacia la puerta en movimiento, la empujó con toda la fuerza del escarabeo. Todtman hizo lo propio. La puerta avanzó más despacio y luego…

¡CROOONG!

Se cerró.

—No —jadeó Ren. El golpe todavía retumbaba en el pozo.

—Prefiere no quedarse a mirar, ni siquiera para ponerse su medalla —comentó Todtman en un tono de voz tembloroso y preocupado—. Lo que sea que nos aguarda le asusta incluso a él. —Se volvió a mirar a Ren—. Tienes que usar el ibis. Necesitamos saber a qué nos enfrentamos.

Álex estaba listo para intervenir, por si acaso Ren precisaba más fuerza de persuasión, pero ella se limitó a asentir. Observó con atención cómo su amiga echaba mano del pálido pájaro. La última vez se había quedado en blanco, literalmente. ¿Obtendría ahora un resultado distinto? Ren cerró los ojos un momento y, cuando los volvió a abrir, el miedo era palpable en su expresión.

—¿Qué has visto? —preguntó Todtman.

Álex se imaginaba lo que iba a decir, pero contuvo el aliento, con la esperanza de equivocarse.

—Un Caminante de la Muerte —respondió ella con un hilo de voz.

—¡Oh, no! —exclamó Álex. Todos conocían el peligro al que estaban a punto de enfrentarse. Los Caminantes eran antiguos espíritus sumamente peligrosos. Conscientes de que no superarían el juicio de los muertos que les granjearía la entrada al otro mundo, se habían aferrado al borde del más allá por pura fuerza de voluntad, a la espera de una ocasión para escapar. El único modo de derrotarlos requería emplear el poder del escarabeo y el conjuro correcto del Libro de los Muertos; aquel hechizo que hiciera referencia a la identidad del Caminante en vida. Sin embargo, todo eso ya daba igual. No llevaban consigo un ejemplar del Libro de los Muertos, ni siquiera un mísero hechizo, y mucho menos los doscientos.

—¿Has visto algo que podamos usar contra él? —susurró Todtman—. ¿Alguna vía de escape?

Ren negó con la cabeza.

—Es demasiado tarde —susurró—. Ya viene.

Señaló la piedra caliza que se extendía a su izquierda al mismo tiempo que retrocedía un paso, temblando.

Álex observó la pálida piedra. Allí no había nada y, por una vez, albergó la esperanza de que su mejor amiga se hubiese equivocado.

No fue así.

La propia pared —aquella piedra antigua, desgastada por el paso del tiempo— empezó a proyectarse hacia delante.

Y una silueta emergió de la oscuridad.

Una amalgama de piedra y hueso

Ren observó horrorizada cómo la lisa roca del muro se hinchaba hasta crear una especie de burbuja de un metro ochenta de alto. No se percató de que estaba viendo una cara hasta que las hundidas cuencas de los ojos cobraron forma y apareció debajo el contorno de un cuello. A continuación se perfilaron los hombros, después el pecho.

La cabeza se separó del muro con un desgarrón húmedo que sonó más a carne que a piedra. El resto del cuerpo se liberó con dificultad pero sin dejar muescas en la pared, ninguna traza de que una sección de roca del tamaño y la forma de un tosco cuerpo humano hubiera sido arrancada.

El engendro caminaba con pasos rígidos e inseguros. Fragmentos de piedra se desprendían y caían al suelo cada vez que se movía. El ser se detuvo, cruzó los pétreos brazos y levantó su rostro sin rasgos hacia el cielo.

Se oyó un suave chasquido.

—¡Daos la vuelta! —gritó Todtman, que se tapó la cara con las manos al tiempo que daba la espalda al macabro espectáculo. Al volverse, la pierna mala le falló y se desplomó en el suelo.

106

Ren corrió hacia él para ayudarlo pero, mientras lo hacía, sonó una explosión apagada —como un trueno que restallase debajo de una manta— y el Caminante proyectó una explosión de roca. El polvo de piedra caliza pintó de blanco la totalidad del foso y, en ese mismo instante, Ren notó el latigazo de fragmentos más grandes contra la piel.

Oyó gritar a Álex pero no veía nada. Le escocían los ojos por el efecto de la piedra pulverizada y, cuando intentó gritar el nombre de su amigo, un denso polvo blanco le inundó la boca. Sufrió un violento ataque de tos y se tapó la cara.

Mientras la densa polvareda se posaba en el suelo, echó un vistazo hacia atrás. La verdadera forma del Caminante acababa de revelarse. Parecía la muerte en persona: una momia destrozada… o lo que quedaba de ella. Casi todas las vendas se le habían desprendido y le faltaban partes del cuerpo. Unos cuantos dedos también, pero pegotes de arcilla y piedra caliza rellenaban las mellas más grandes. La mitad de su cráneo era barro, casi todo el torso era piedra y nada de ello acababa de encajar. Tenía dos piedras blancas por ojos.

Y, sin embargo, se movía. Y, sin embargo, estaba vivo a su manera. Avanzó un paso y soltó un suspiro entrecortado y crispante. Pese al calor del desierto que inundaba el pozo, un escalofrío recorrió a Ren de los pies a la cabeza. Cuando el Caminante hinchó el pecho, las pocas costillas que le quedaban se elevaron bajo las andrajosas vendas. Incluso la piedra caliza que completaba su torso se abultó como si respirase.

Ren, por su parte, se sentía igual que si un caballo se le hubiera sentado encima. El miedo le impedía respirar con normalidad. Los Caminantes de la Muerte que habían visto anteriormente causaban pavor, claro, pero también parecían vivos. Habían resucitado, y poseían piel y ropa que lo demostraba; aunque la piel apareciera en ocasiones quemada o hinchada.

Todtman habló con voz queda, impregnada de asombro y miedo a partes iguales.

—Este Caminante de la Muerte es el más arcaico de todos. Procede de una antigüedad remota. De cuando el proceso de momificación era aún muy rudimentario. Y lo que sea que usaron para enterrarlo debió de romperse. Este ha estado en contacto con la tierra. Tiene el cuerpo calcificado.

Ren observó las vetas de caliza viviente que surcaban el pecho del engendro —una amalgama de piedra y hueso— y experimentó la misma sensación de irrealidad que la invadía siempre que se topaba con la descarada falta de lógica de la magia. Era igual que soltar amarras del mundo tal como lo conocía, sin nada a lo que agarrarse, nada que le impidiera salir flotando a la deriva y no ser capaz ya de encontrar el camino de vuelta.

Y cuando el engendro avanzó otro paso y Ren retrocedió de nuevo, comprendió que tal vez la imagen se hiciera realidad esta vez. Tal vez nunca consiguiera volver al mundo que conocía: su hogar.

Allí, por fin, la añoranza que no había hecho sino aumentar desde que dejara atrás Nueva York se convirtió en un dolor punzante. Nunca volvería a sentarse a mirar sus queridos Rembrandt en el Metropolitano, sabiendo que su padre andaba cerca. Sabiendo que cuando quisiera podía pedirle dinero para tomar un helado o quedarse por allí curioseando su trabajo. Comprendió que jamás volvería a compartir otro «día de chicas» con su madre, ni a tomar una copa de rezumante helado bañado en chocolate caliente en la cafetería Serendipity.

—¡Marr fesst dol! —graznó el Caminante. Ren regresó de golpe a la asfixiante realidad del foso. Igual que los demás, ya rodeaba su amuleto con la mano. Por lo general los talismanes les permitían comprender la antigua lengua egipcia de sus adversarios. Ahora no.

—¿Lo entendéis? —preguntó.

—Es una lengua desaparecida —aclaró Todtman.

Ren contempló la boca abierta del ser, que seguía escupiendo sílabas incomprensibles, y descubrió que había perdido la lengua también, ahora reemplazada por una gruesa porción de arcilla. El apéndice asomaba y se curvaba con la misma animación que un sapo grueso y marrón. Ren sintió ganas de vomitar.

El Caminante dio otro paso adelante; los tres amigos retrocedieron a su vez... y se toparon de espaldas con la pared. Estaban a punto de averiguar qué poder horrible y letal poseía aquel Caminante. A menos que... El pensamiento de Ren voló a las breves horas que habían pasado en Viena. Si el sombrío ser que los asaltó a medianoche no pertenecía a este mundo, bueno, entonces esta cazuela de barro cocido todavía menos.

—¡Retroceded! —les gritó a sus amigos—. ¡Tapaos los ojos!

Estrujó el ibis con la mano izquierda e invocó su poder una vez más. Desplazó rauda la derecha. Brilló un rápido fogonazo blanco y luego... nada. Lo que por la noche fuera un poderoso destello mudó en poco más que el flash de una cámara a la radiante luz del foso. El Caminante retrocedió un poco.

Y luego atacó.

El Caminante se precipitó hacia ellos con una agilidad sorprendente para tener unas piernas hechas a base de remiendos.

—¡Separaos! —gritó Ren.

Álex dio media vuelta para echar a correr... pero ¡no pudo! Se miró los pies, presa de la incredulidad. El fondo del foso era de roca maciza, pero los pies se le hundían como si fueran de barro. Observó aterrorizado cómo la piedra le llegaba ya a los cordones de las botas. Oía los pasos del engendro, que se encaminaba hacia él, e intentó desesperadamente levantar primero un pie y luego el otro. Nada. Tan solo conseguía retorcerse a medida que se hundía cada vez más.

Ren forcejeaba también. Había girado la cabeza y los hombros para echar a correr a lo largo de la pared, pero su mitad inferior se negaba a seguirla.

Únicamente Todtman se las había ingeniado para dar un paso. Un tallo de piedra serpenteó por el talón de su zapato negro, pero, asiendo su amuleto con una mano, desplazó la otra hacia abajo e hizo añicos el pétreo grillete.

Álex siguió su ejemplo. Aferró el escarabeo y luego, cerrando el puño de la otra mano, lo descargó encima de cada pie con un rápido un-dos al vacío. Experimentó la misma sensación que si le hubiera caído una bola de piedra encima de cada pie, pero oyó dos crujidos apagados y los sacó a toda prisa de la roca pulverizada.

Girando sobre sí mismo, descubrió que el Caminante se encontraba ahora a pocos metros de Ren, ya tendiendo hacia ella una nudosa mano de tres dedos. Su amiga, pegada al suelo, no podía hacer nada más que mirar con unos ojos como platos el horror que se aproximaba.

—No —musitó Álex. Se sintió súbita, dolorosamente responsable de la seguridad de su amiga. Lo había seguido a lo largo de medio mundo, había afrontado un peligro tras otro y no podía permitir que le pasara nada malo. Corrió hacia ellos.

—Eh, peñazo —le gritó al engendro, desesperado. El ser se volvió hacia él y observó aquella nueva amenaza con sus blanquecinos ojos. Haciendo de tripas corazón, Álex estrechó su amuleto con fuerza, pero antes de que pudiera usarlo una losa de piedra salió disparada de la pared trasera del pozo, como un cajón que se abre. Impactó a toda potencia contra el costado de Álex y lo derribó.

El chico aterrizó con un sonoro «¡Uuuufff!».

Rodó por el suelo y se incorporó a toda prisa. La piedra se alargaba hacia él todo el tiempo, pero si se movía deprisa conseguía zafarse de los toscos tentáculos…

La sombra del Caminante cayó sobre él.

Álex se tambaleó hacia atrás y después a un lado para ganar algo de espacio. Con la mano izquierda alrededor del amuleto, colocó los dedos de la derecha en forma de lanza y azotó al caminante con una tumultuosa columna de viento superconcentrado. *Si este monstruo de verdad ha surgido de la misma tierra*, pensó, *veamos cómo resiste la erosión.*

Trocitos de barro y fragmentos de piedra se desprendieron del ser. La mano derecha del Caminante perdió otro dedo, que salió girando por el aire hasta perderse de vista. La antigua amenaza rugió en dirección al incansable vendaval y retrocedió a trompicones unos pasos. Álex entornó los ojos, tensó los dedos y estiró el brazo un poco más. Con la cabeza como un bombo y el cuerpo machacado por la intensidad de la energía que estaba canalizando, se concentró en incrementar la potencia del viento.

Observó fijamente las dos piedras blancas hundidas en el parcheado semblante del Caminante, que respiraban maldad. No se percató, hasta que fue demasiado tarde, de que el demonio alzaba esa mano de dos dedos con la palma hacia abajo y abofeteaba el suelo con fuerza.

El piso del foso vibró como la membrana de un tambor. El golpe fue tan brutal que Álex lo notó en los dientes y salió disparado a dos palmos del suelo. En la caída se golpeó el tierno chichón que tenía en la coronilla. Alzando la vista, vio estrellas girando en el cielo azul de allá arriba.

Al cabo de un momento, su cabeza se despejó.

Había perdido un tiempo precioso. Desesperado, intentó sentarse, volver a asir su amuleto… pero la piedra ya lo había atrapado. El suelo del pozo lo rodeaba con sus tentáculos al mismo tiempo que Álex se hundía en la roca. Tenía las piernas y los brazos anclados.

Estaba indefenso.

Todtman, sin embargo, seguía libre y usaba su amuleto para defenderse. Una lanza de fuerza invisible traspasó al engendro abriendo un orificio limpio y redondo en su torso. Las esperanzas de Álex despegaron aunque su cuerpo se hundía sin remedio. Oyó a Ren soltar un victorioso:

—¡Sí!

El Caminante, por su parte, ni siquiera bajó la vista para comprobar los daños y, cuando volvió a plantar el pie en la roca del foso, la piedra caliza reptó por sus extremidades como líquido —del pie a la pierna y de ahí al cuerpo— hasta rellenar el hueco.

—¡Oh, no! —susurró Álex, cuyos brazos y piernas estaban ahora completamente hundidos en la roca. Solo el pecho y la cabeza le sobresalían del suelo.

Todtman se preparó para otro ataque. Con los ojos abiertos como platos, trataba de anticiparse a la siguiente amenaza. ¿Vendría de abajo? ¿De atrás?

De arriba.

Un fragmento de piedra apenas mayor que una pelota de béisbol cayó del borde del foso. Se oyó un leve silbido, Todtman alzó la vista y…

¡CLONG!

La piedra le acertó en plena frente y el anciano se desplomó como un saco de patatas. Al momento, el suelo del foso lo rodeó y lo inmovilizó.

Álex estaba desolado. Les había fallado a sus dos amigos y sabía lo que pasaría a continuación. Los Caminantes de la Muerte se alimentaban de las almas de los vivos… y comían con fruición. El monstruo contempló a sus tres rivales cautivos. Observaba cómo forcejeaban impotentes para zafarse de los pétreos grilletes, como un comensal quisquilloso estudiando el menú, mientras decidía a cuál de los tres devoraría en primer lugar.

Un destello de luz blanca lo ayudó a decidirse.

—¡No, Ren! —gritó Álex, pero era demasiado tarde. El Caminante se apresuró directo hacia ella, salvando la distancia con zancadas largas y hambrientas. Ella liberó otro fogonazo de luz blanca. Fue más débil en esta ocasión, y apenas si causó efecto. Pero entonces…

—¿Marrauc?

Pai había decidido intervenir. Frotándose a su paso contra las piernas hundidas de Ren, se interpuso entre la chica y el Caminante. Álex la había olvidado por completo. No era de extrañar, habida cuenta de que se trataba de un felino encantado que tenía por costumbre desaparecer sin previo aviso. De momento, sin embargo, Pai no iba a ninguna parte.

—¡MARRAUC! —repitió, y esta vez no maulló en tono interrogativo.

Puede que el vocabulario de la gata momia se limitase a una sola palabra, pero se hizo entender perfectamente: «Por encima de mi momificado cadáver».

El Caminante bajó la vista hacia ella y abrió la boca. Álex tardó unos instantes en relacionar el desagradable chirrido que emitió con una risa.

—No, Pai —suplicó Ren con voz queda—. Vete.

Álex vio lágrimas en los ojos de su mejor amiga y el sentimiento de culpa volvió a inundarlo. Otros habían muerto en aquella búsqueda, pero si ella perdía la vida no creía que pudiera soportarlo. Estaba allí únicamente porque quería ayudarlo y ahora… Forcejeó con todas sus fuerzas para quitarse la piedra de encima tirando por aquí y por allá, pero la roca no cedió lo más mínimo.

—¡Sal de ahí, Ren! —gritó Todtman desde su propio confinamiento—. ¡Intenta arrancar un pie y luego el otro!

Pero la piedra ya le alcanzaba los tobillos y Ren no podía desplazar ninguno de los dos pies. Su última línea de defensa era un gato sagrado no muerto… al que ahora el Caminante apartaba con indiferencia. Agitó la mano y una ola de medio metro se alzó de la piedra para precipitarse rápidamente hacia Pai.

La gatita momia bufó y alzó una escuálida pata, pero la pétrea ola la inundó. Su pequeño cuerpo fue arrastrado y —PLONNCK— se estampó con fuerza contra la pared del foso. Mientras la ola volvía a hundirse en el suelo, Pai se incorporó a duras penas, pero tan pronto como alzó la vista el engendro atacó nuevamente. Una columna de tres metros de alto se estrelló sobre la gata con una fuerza capaz de aplastar un coche. Cuando la roca se retiró, su pequeño cuerpo yacía inmóvil junto a la pared, retorcido en ángulos imposibles.

—¡Noooo! —aulló Ren.

Y entonces todo cambió.

Aunque el cielo estaba despejado, una extraña oscuridad cayó sobre el foso.

La violencia en persona

La oscuridad cedió poco después, revelando así la aparición de una mujer con cabeza de gato. Plantada en el centro del foso, observaba el entorno. Todo era inmovilidad y silencio. El Caminante, que se había quedado perplejo, abría su tosca boca con un gesto de sorpresa. Incluso la suave brisa que soplaba en el cálido pozo había cesado. El propio mundo parecía contener el aliento.

—¡Chist! —siseó Todtman, antes de añadir con un susurro apresurado y apenas audible—. No os mováis, no la provoquéis.

Álex no habría podido moverse ni aunque quisiera. Todavía tendido de espaldas, hundido en la piedra hasta el cuello, no tenía más remedio que permanecer inmóvil. Pero no podía apartar los ojos de esa… de esa ¿qué? Poseía el cuerpo de una mujer y lucía una túnica larga y suntuosa, pero su cabeza pertenecía a un gran felino; parecida a la de un gato siamés pero del tamaño de una leona. El suave pelaje se agitó cuando la brisa volvió a soplar. La mujer echó a andar y, a medida que avanzaba, los colores de la tela fulguraban; el rojo se tiñó de azul y luego fluyó con naturalidad hacia el verde. Un nuevo color con cada elegante paso. Álex contuvo el aliento cuando ella pasó por su lado. La túnica, larga hasta el suelo, rozaba la piedra con un susurro suave y aterciopelado.

Álex alargó el cuello tanto como le permitía la roca que lo apresaba. La mujer se dirigía hacia el cuerpo inmóvil de Pai. Y así, de sopetón, Álex supo quién era.

Bastet.

La diosa con cabeza de gato siempre había sido la favorita de su madre. Repasó cuanto sabía acerca de ella: se trataba de una diosa poderosa, reverenciada por los antiguos egipcios como protectora tanto de los faraones como del pueblo.

Y recordó la pequeña placa informativa que habían rescatado de la destrozada vitrina de Londres: PAI-EN-INMAR... DEL TEMPLO DE BASTET... Los gatos se consideraban sagrados en el antiguo Egipto a causa de su relación con Bastet. Y los gatos de los templos, como Pai, eran los más sagrados de todos.

Bastet prosiguió su majestuoso avance hacia su exánime sirvienta.

Hacer daño a un gato trae mala suerte, recordó Álex.

La diosa se plantó ante la retorcida carcasa de Pai.

Y lastimar al gato de un templo, bueno, eso es la máxima tontería...

Bastet se inclinó.

El Caminante se movió. Puede que estuviera harto o quizá considerase que los restos del gato le pertenecían, que eran parte del sacrificio que le había ofrendado. Tal vez sencillamente pretendiera echar un vistazo más de cerca. Fuera cual fuese la razón, dio un paso directamente hacia Pai... hacia Bastet.

Y nunca es buena idea desafiar a una diosa.

Bastet volvió la cabeza y entornó las felinas hendiduras de sus ojos.

Y se transformó.

Lo que antes fuera elegante y hermoso mudó en algo temible. Su cabeza de gato estalló en llamas; rojas, anaranjadas y luego azules. Bajo las llamas, Álex vio la sombra de su rostro, no el de un gato sino el de una leona. Contuvo el aliento. Bastet era reverenciada en el Antiguo Egipto, pero también temida. He ahí por qué. Estaban viendo su otra cara. Presa de la furia, había adoptado el aspecto de un depredador. Tenían ante sus ojos nada menos que a su divina hermana...

Sejmet.

La destructora.

La violencia en persona.

—¡No la miréis! —gritó Todtman.

Álex obedeció. Optó por volver la vista hacia el sentenciado Caminante, que había empezado a arder. Las llamas comenzaron en los contornos de su ajado cuerpo. El Caminante se retorcía conforme el fuego se extendía hacia dentro y lo consumía. De repente, su cuerpo en llamas salió disparado hacia atrás. Se estrelló contra la pared del fondo a velocidad supersónica, igual que un misil.

¡FUOOOMP!

La piedra propagó el impacto hasta el cuerpo apresado de Álex, que cerró los ojos para protegerlos del inminente baño de roca pulverizada.

Se hizo un silencio mientras el polvo se posaba.

—Se ha marchado —musitó Todtman por fin.

Álex abrió los ojos y se volvió a mirar, sorprendido al descubrir que ya no había piedra alrededor de su cuello, solo polvo. Despacio, se incorporó para sentarse. La roca pulverizada cedió con facilidad y el chico se puso de pie. Tenía las extremidades entumecidas pero podía moverlas con libertad. Todtman hizo lo propio, aunque a sus viejos huesos les costase más esfuerzo.

Ren se limitó a extraer los dos pies como si se quitara unas babuchas de piedra.

Todos miraron hacia el lugar en el que yaciera Pai instantes antes. El gato momia había desaparecido, así como aquella a la que servía.

—Pai solo me estaba protegiendo —dijo Ren en un tono triste e inseguro al mismo tiempo—. ¿Creéis que está… muerta?

—Siempre lo estuvo —replicó Todtman con su franqueza característica.

Ren le lanzó una mirada asesina. Desvió la vista pero enseguida volvió a mirarlo.

—¡Una salida!

Álex siguió la trayectoria de sus ojos. Ahora que el polvo se había disipado, se atisbaba un enorme agujero en la pared del fondo. Tras el orificio se adivinaba un hueco en sombras.

—Sejmet ha perforado la pared con el Caminante —dijo Álex, sacudiendo la cabeza con incredulidad—. Ese tío se ha metido con el gato equivocado.

—Pai nos ha salvado —añadió Ren.

Una vez más, el sentimiento de culpa se clavó en Álex como un puñal: Pai los había salvado mientras que él no había sido capaz, y el pobre animal lo había perdido todo. Sintió que un nuevo peso se sumaba a los anteriores y respondió con desgana:

—Sí.

—¡No! —insistió Ren—. Nos ha salvado.

—Sí —repitió Todtman—. Se ha sacrificado. Un gesto muy noble por su parte. ¡Ahora larguémonos de aquí!

Todtman avanzó cuatro pasos, dos de ellos renqueando, pero al llegar al quinto los hombros de Ren le prestaban apoyo por debajo de un brazo. Al sexto, Álex lo sostenía por el otro. Se apresuraron a cruzar el hueco de la pared. No vieron el menor rastro del Caminante, ni siquiera una costilla o un pálido ojo de piedra.

—Un día usted nos dijo que sin los Conjuros Perdidos los Caminantes podían volver, ¿se acuerda? —preguntó Álex.

—Sí —respondió Todtman.

Mientras sorteaban los escombros del muro, Álex echó un último vistazo a su alrededor.

—Bueno, no creo que este vaya a regresar.

Todtman esbozó una sonrisa fugaz. A medida que se adentraban en las sombras, el suelo liso y los ángulos rectos dejaban entrever que no se encontraban en un mero agujero de la pared. Estaban en una sala, lo que implicaba que el foso formaba parte de una especie de complejo subterráneo.

—Debemos encontrar una salida cuanto antes —apremió Todtman—. El líder de la secta anda por aquí y seguramente otros más; un pequeño ejército de hombres y armas, como poco. No se trata de una lucha que queramos librar ahora mismo.

Por la mente de Álex desfiló la depravada galería de acólitos enmascarados con los que se habían enfrentado hasta entonces. Sin embargo, conforme se apresuraban por la sala, descubrió que para empezar tendrían que encargarse de los hombres y las armas. Había dos, ataviados con los uniformes de color caqui y sin insignias que empleaba la Orden.

Al verlos, los guardias se sorprendieron y se llevaron la mano al cinto para sacar sus pistolas. Pero Álex ya asía el escarabeo y Todtman sostenía el halcón. La mano derecha de Álex proyectó una violenta lanza de viento. Y en esta ocasión su objetivo no era un demonio procedente de la antigüedad; aquel tipo no tendría más de veinticuatro años. El aire lo aplastó de espaldas contra la pared y el hombre fue resbalando hacia el suelo, atónito y resollando.

Todtman optó por una estrategia distinta. Los brillantes ojos del halcón emitieron un fulgor sutil y la mirada del segundo guardia se enturbió. El «observador» ejercía un poderoso efecto en las voluntades más débiles, de ahí que el hombre devolviera la pistola a la cartuchera sin rechistar. Todtman se despegó de sus amigos para acercarse a él.

—¿Qué clase de lugar es este? —le preguntó.

—Son unas instalaciones secretas. El Caminante de la Muerte las protege.

Álex le propinó un codazo a Ren.

—Ya no.

—¿Qué protege? —preguntó Todtman—. ¿Qué hay aquí?

El sumiso cerebro del guarda buscó las palabras en inglés.

—Los… colosos —contestó por fin—. Y los prisioneros.

Álex abrió unos ojos como platos.

¿Acaso habían capturado a su madre?

Todtman, por lo visto, estaba pensando lo mismo.

—¿Americanos?

—Uno —respondió el guardia.

A Álex le dio un vuelco el corazón. El primer centinela, en el suelo, se movió y se palpó la cabeza, pero Álex no reaccionó. Quería enterarse de todo.

Todtman presionó al segundo.

—¿Una mujer?

El hombre titubeó un momento y luego negó con la cabeza.

—Un chico —dijo.

En ese caso no era su madre. Álex respiró aliviado. Y entonces otra idea cruzó su pensamiento. Un chico americano… ¿Sería Luke? Al instante se reprendió a sí mismo por ser tan bobo. Sabía perfectamente que su primo trabajaba para la Orden; y seguramente estaba a punto de comprarse todo un equipo de la NBA con el dinero que debían de haberle pagado por traicionarlo.

Con el rabillo del ojo, Álex vio un amago de movimiento y se giró en el instante en que el primer guardia recuperaba la conciencia y buscaba su arma. Álex llegó demasiado tarde... pero no Ren. Pateó al hombre con fuerza en la pantorrilla.

El hombre se agarró la pierna y maldijo entre dientes, lo que proporcionó a Álex el tiempo suficiente para descargar una segunda explosión de viento. La cabeza del guardia se estampó contra la pared. Sonó un PONK, el mismo ruido que haría un coco, y el hombre cayó desmayado otra vez. Sin embargo, apenas había concluido una amenaza cuando otra todavía mayor se aproximó. El eco de unas voces procedentes del foso llegaba ahora a sus oídos.

—¡Tenemos que salir de aquí! —apremió Ren.

Todtman asintió, pero no se movió del sitio.

—¿Dónde están esos colosos?

El guardia oponía resistencia. Todtman aferró el halcón con más fuerza, se inclinó hacia delante y repitió con un susurro ronco y enfadado:

—¿DÓNDE?

Muy a su pesar, el centinela levantó la mano derecha y señaló una entrada en la pared lateral, la misma que acababan de cruzar.

—Un... tramo... hacia... arriba... y... a... la... derecha —indicó, luchando consigo mismo antes de cada palabra.

—Una última pregunta —dijo Todtman a la vez que se incorporaba.

—Tenemos que marcharnos —cuchicheó Ren. Los ecos de las voces sonaban ahora más cerca.

Álex le lanzó lo que esperaba fuera una mirada tranquilizadora.

—Estoy seguro de que es importante —susurró.

—¿Tienes una escoba? —preguntó Todtman—. Hay mucha arena por aquí…

El guardia lo miró desconcertado, pero señaló un rincón en sombras.

—*Vielen Dank* —dijo Todtman. Muchas gracias—. Ahora duerme.

El guardia se desplomó en el suelo mientras Todtman renqueaba hacia el rincón.

—Vamos —indicó al tiempo que usaba el poder del halcón para extraerle el cepillo a la escoba.

Corrieron hacia la puerta lateral y se apresuraron escaleras arriba, pocos pasos por delante de las voces. Tan solo los suaves golpecitos del nuevo bastón de Todtman se dejaban oír mientras los tres amigos se alejaban.

Roqueros y coches veloces

Remontando la escalera, dejaron atrás la pared destrozada. Hacia el primer rellano encendieron la luz.

—Un tramo hacia arriba y luego a la derecha —repitió Todtman con suavidad—. Aquí está.

Señaló una puerta enorme, como de cámara acorazada.

Álex no estaba tan interesado en los «colosos», fuera eso lo que fuese, como en escapar.

—¿Por qué no seguimos subiendo las escaleras? —propuso, y Ren asintió con vehemencia.

Todtman empujó la gran manija de la puerta. Cerrada. Buscó su amuleto.

—Aún sabemos muy poco de los planes de la Orden —explicó—. Debemos averiguar hasta dónde se proponen llegar, qué herramientas tienen. Vi algo en El Cairo que me… inquietó.

Álex sabía que el anciano tenía razón: el culto estaba preparando algo gordo y tenían que averiguar más; no solo qué se proponían, sino cómo. Lanzó una nostálgica mirada a la escalera y desvió la atención hacia la puerta. Con el amuleto en mano, Todtman cerró los ojos y, recurriendo a sus agudizados sentidos, tanteó los mecanismos internos del cerrojo hasta encontrar su punto débil.

¡CLICKICK!

La cerradura cedió, pero él siguió investigando.

¡CRECK!

Acababa de abrir un segundo cerrojo, todavía más pesado… *Hay algo importante ahí dentro,* pensó Álex. Todtman empujó la puerta y entró. Álex y Ren lo siguieron de cerca.

La sala estaba a oscuras y Álex tenía los nervios de punta. Pegó un bote cuando Todtman cerró la pesada puerta tras ellos. Entonces oyó un tercer chasquido, mucho más débil ahora, cuando el anciano erudito encontró el interruptor de la luz.

Álex contuvo un grito y por un momento creyó que se le paraba el corazón. Asió el amuleto instintivamente al tiempo que retrocedía un paso.

—¡Eh! —gritó Ren, casi empotrada contra la pared.

Entonces ella lo vio también, y ahogó una exclamación a su vez. Tenían delante cinco figuras enormes y amenazadoras. Amenazadoras y… sobradamente conocidas.

Representaban a los cinco acólitos de la Orden, los mismos que poblaban sus pesadillas. Allí estaba el traicionero Al-Dab'u, con su máscara de chacal, aquel primer adversario al que se enfrentaron en Nueva York; el cruel Ta-mesah de Londres y su cabeza de cocodrilo; Peshwar, la siniestra cazadora que, oculta tras un cráneo de leona, los había perseguido por medio Egipto; el líder de la secta con su máscara de buitre; y el grotesco Aff Neb.

Estos, sin embargo, estaban tallados en toscos bloques de piedra: de tres metros de alto y singularmente corpulentos, como versiones al estilo Hulk de sus siniestros originales.

—Los colosos son… ¿estatuas? —se sorprendió Ren—. Qué prosaico.

—No —replicó Todtman en un tono sombrío y temeroso—. No es prosaico sino… terrorífico. Me lo temía. Aún no habían cobrado forma en El Cairo. Apenas habían empezado a tallarlas. Pero ahora… —Pasó la vista de Álex a Ren—. ¡Tenemos que destruirlas!

—¿Por qué? —preguntó Ren, pero no había tiempo para explicaciones y mucho menos para destruir nada. A su espalda, alguien abría los cerrojos de la puerta. La Orden los había alcanzado.

—¡Estamos atrapados aquí dentro! —exclamó Álex, que ya inspeccionaba el despejado recinto con la vista.

—No —replicó Ren—. Tiene que haber otra puerta.

—¿Cómo lo sabes? —se extrañó Álex.

Ella puso los ojos en blanco.

—¡Porque esas estatuas no caben por la que acabamos de cruzar!

El primer cerrojo ya había cedido y el segundo, más grande, estaba a punto de hacer lo propio. Los amigos se precipitaron por la desierta y retumbante sala sorteando las gigantescas estatuas. Solo de mirarlas, a Álex se le ponía la piel de gallina por una mezcla de malos recuerdos y peores presentimientos. *¿Para qué sirven estos monstruos… y por qué Todtman les tiene tanto miedo?*

Dejaron atrás la última estatua —la efigie tallada del líder del culto— en el instante en que la puerta se abría y el jefe en persona entraba como un vendaval en la sala. Los tres amigos alcanzaron la pared trasera, en cuyo centro asomaba una enorme persiana, parecida a las que se usan en los almacenes de carga y descarga.

—¡Buf! —respiró Ren, aliviada.

—Abridla, vosotros dos —ordenó Todtman, que se había vuelto hacia sus perseguidores—. Yo los entretendré.

Àlex lo miró como si se hubiera vuelto loco. ¿Cómo iba a entretener al líder y a los hombres armados que cruzaban la puerta tras él? Pero no había tiempo para discurrir un plan B.

—Yo me encargo del cerrojo —dijo Ren—. Tú empuja.

El chico la miró con escepticismo también. No tenía tanta experiencia en el uso de su amuleto como ellos dos; y el cerrojo parecía pesado. Sin embargo, Ren respiraba seguridad en sí misma y, por primera vez, Àlex comprendió que su amiga tenía más fe en el ibis que él.

En cambio, su propio amuleto le inspiraba plena confianza. Rodeó el escarabeo con la mano y, una vez más, la antigua energía lo recorrió, le aceleró el pulso, le agudizó los sentidos. Extendió la mano derecha con la palma hacia arriba y, despacio, procedió a levantarla.

Al empujar, vio un destello de luz blanca y oyó un apagado cling. ¡Ren lo había conseguido! La gran puerta empezó a desplazarse.

Tras ellos, la táctica disuasoria de Todtman se revelaba un golpe maestro. En lugar de optar por un ataque directo a los esbirros de la Orden, amenazó su bien más preciado. Cuando la persiana le llegaba a la altura de la cintura, Àlex echó un breve vistazo hacia atrás. La primera estatua, la de Al-Dab'u, se estaba tambaleando y… ¡caía! Los matones lanzaron gritos desconcertados e inquietos.

—¡No dejéis que caiga! —aulló el jefe.

La cara de rana de Todtman estaba colorada a más no poder y sus ojos parecían más saltones que nunca por el esfuerzo de inclinar la enorme estatua. Pero ahora la gravedad estaba de su parte. El líder alargó su propia mano para empujarla hacia atrás mientras media docena de hombres corría hacia el coloso. Al fondo, el blanquecino cráneo de una leona se perfiló en la sala.

—Peshwar está aquí —resolló Álex.

—¡Larguémonos! —exclamó Ren.

Soltando el amuleto con un jadeo extenuado, Todtman se dio media vuelta.

Los tres amigos pasaron por debajo de la persiana entreabierta a toda velocidad. Mientras tanto la estancia ya se teñía de rojo y una de las dagas de energía de Peshwar salía disparada hacia ellos. El letal proyectil impactó contra el borde de metal en el instante en que ellos se incorporaban al otro lado.

—¡Me alegro de no haber tenido tiempo de abrirla del todo! —exclamó Álex.

Otra ventaja de la puerta entreabierta: cerrarla fue mucho más rápido.

—¡Aseguradla! —ordenó Todtman, que ya renqueaba por el cemento que se extendía ante ellos—. ¡Y romped el cerrojo!

Los mismos sentidos amplificados y sutiles manipulaciones que permitían a Álex forzar un cerrojo lo ayudaron a romper fácilmente una pequeña pieza del interior.

Corrió para alcanzar a los demás cuando una docena de manos empezaba a golpear la persiana de metal atascada. Los amigos se encontraban ahora en una especie de almacén grande y desnudo con las paredes sumidas en sombras. Algo más adelante, una rampa conducía al exterior. Parecía una plataforma de carga y descarga… pero no estaba vacía.

—Eh, ¿chicos? —oyó Álex. Solo fueron dos palabras, pero había oído esa voz tan a menudo que la reconoció de inmediato. Dio media vuelta y de nuevo buscó su amuleto. Pero el poseedor de la voz no representaba ninguna amenaza esta vez. Pegado a unos gruesos barrotes de hierro que destacaban en la pared del fondo, un rostro flotaba como un fantasma entre las sombras.

—¿Luke?

Álex articuló el nombre con un hilo de voz tratando de asimilar lo que estaba viendo. Avanzó un paso y descubrió que había tres portalones pegados al muro, cada cual con una ventana enrejada en el centro. Luke ocupaba la celda del medio. Pero ¿por qué? Su primo trabajaba para la Orden… ¿no? Entonces, ¿por qué lo habían encerrado en una lúgubre celda de su ciudadela del desierto?

—¡Traidor, más que traidor! —gritó Ren. El primo de Álex también la había traicionado a ella, pero el tono de la chica se suavizó cuando dio un paso adelante y pudo ver mejor su rostro pálido y mugriento—. Serpiente…

Luke esbozó una sombra de sonrisa.

—De acuerdo, me lo merezco —reconoció—. Pero tenéis que saber que yo no quería hacerlo. O sea, al principio, sí. Me pagaron bien, pero entonces…

¡Pom-CRACK! ¡Bum-BOOOM!

Dos rápidas explosiones resonaron a través de la puerta que tenían detrás y dos grandes bultos asomaron en la superficie metálica.

Todtman escudriñó la penumbra.

—La están rompiendo. La puerta no resistirá mucho más.

Álex, sin embargo, no se avenía a marcharse de inmediato. Todtman apenas conocía a Luke, pero el primo de Álex había constituido una parte importante del equipo en Londres y en el Valle de los Reyes. Su agilidad y su facilidad para constatar lo evidente los habían salvado en más de una ocasión… aunque hubiera estado pasando información a la Orden todo el tiempo. Álex necesitaba saberlo:

—¿Por qué nos traicionaste? —le preguntó.

Escuálidas manos emergieron entre los barrotes de las otras dos celdas, pero los rostros permanecieron en sombras. En aquel momento, una vaharada del tufo procedente de los calabozos inundó el olfato de Álex. Aquellas personas estaban encerradas en absoluta oscuridad, entre porquería y sin apenas alimentos, a juzgar por el aspecto de todo aquello.

—Cuando me di cuenta de lo malvada que era esa gente en realidad —explicó Luke—, decidí que no quería seguir haciéndolo.

—Pero ¡lo hiciste! —lo increpó Ren—. ¡Nos delataste! ¡Por poco nos asesinan!

Como para acentuar la rabia de la acusación, una tercera explosión sacudió la persiana. El metal se estaba resquebrajando. Una luz escarlata parpadeó a través de una grieta alargada.

—Ya lo sé —jadeó Luke—. Me sentí fatal, pero…

—¡TENEMOS QUE IRNOS! —vociferó Todtman.

Álex miró a su primo con atención. Los había traicionado, de eso no cabía duda. Habían sobrevivido aquella vez en el desierto, pero si ahora los seguía entreteniendo, acabarían en manos de los agentes de la Orden; tanto si Luke lo pretendía como si no.

—Lo siento, chico —dijo, y echó a correr. La compasión y un antiguo sentimiento de lealtad lo atraían de vuelta, pero los ahuyentó. No tenían tiempo de escuchar las excusas de Luke.

Ren corría pegada a sus talones. Ya habían llegado a la rampa y emprendido el ascenso cuando Luke gritó sus últimas palabras:

—¡Me amenazaron con matar a mis padres! ¡Perdona, primo!

Álex dio media vuelta y clavó la vista en la oscuridad. Una imagen se perfiló en su pensamiento, una que casaba a la perfección con aquel siniestro almacén. Como tantas otras veces, visualizó una intrincada telaraña. Estando en Alejandría, había imaginado a su madre en el centro, pero él era la araña en realidad. Todo aquello era por su culpa y no solo en un sentido abstracto sino muy concreto, que afectaba a cada una de las personas implicadas.

La red había atrapado a Luke por culpa de Álex. Jamás, ni en un millón de años, los habría traicionado de no haber sido por la tentación del dinero y la peor amenaza imaginable. El demacrado rostro de Luke lo miraba a través de la penumbra, ahora iluminado por una ínfima llama de esperanza.

Casi incapaz de creer sus propias palabras, Álex se oyó decir:

—Tengo que salvarlo.

Dio media vuelta y echó a andar rampa abajo, rumbo al peligro una vez más, pero lo siguieron unos pasos rápidos.

—No, Ren, no… —empezaba a decir Álex cuando una explosión escarlata abrió una enorme brecha en la persiana de metal. ¡Za-ZOOOMP!

En el silencio que siguió al estallido, Ren dejó claro como el agua que no tenía la menor intención de acompañar a Álex en su misión suicida. Levantó la mano y le atizó un manotazo en el chichón de la coronilla. El semblante de Álex dibujó la misma mueca que si hubiera mordido un limón a la par que aspiraba aire entre los dientes.

—¡AY!

—¡Escúchame bien! —le espetó Ren—. No sé de qué va esta historia de vaqueros, pero si no das media vuelta ahora mismo todos acabaremos en esa celda… o algo peor.

—Pero es que yo tengo la culpa de… —objetó Álex.

—¡Tú no tienes la culpa de nada! —lo cortó Ren.

La persiana de metal ya estaba subiendo y unas voces enfadadas se apiñaban detrás. Álex estaba paralizado. Se sentía responsable de todos ellos, pero salvar a uno implicaba poner en peligro a los demás.

130

Fue Luke quien lo sacó de aquel atolladero.

—¡Vete, chico! —gritó—. ¡Márchate!

Álex soltó un rugido de frustración y rabia… pero se marchó. Echó un último vistazo al rostro de Luke y salió corriendo hacia Todtman, que recurría a su amuleto para impedir que subieran la persiana.

Ren añadió un cegador resplandor a las tácticas de contención y, acto seguido, los tres dieron media vuelta y corrieron rampa arriba, hacia la libertad. Para cuando la traqueteante persiana terminó de subir, Todtman ya estaba abriendo la siguiente puerta con ayuda de su amuleto. La cruzaron como una exhalación, seguidos de cerca por las sonoras pisadas y la chisporroteante energía de Peshwar. La luz del sol y el seco aire del desierto los recibieron al otro lado.

Mientras Todtman y Ren cerraban la compuerta y averiaban el cerrojo, las balas de dos disparos se clavaron en la superficie por el otro lado, imprimiendo dos pequeños conos en el metal. Álex se los quedó mirando, consciente de que si hubiera titubeado un instante más, esas balas se habrían alojado en su espalda… o en la de sus amigos.

—¡Nuestra vía de escape! —gritó Ren, señalando algo.

Una pequeña flota de flamantes automóviles ocupaba una zona de aparcamiento, todos de un idéntico gris metalizado. Aunque se le saltaban las lágrimas, Álex distinguió el familiar emblema: Mercedes-Benz.

—*Ausgezeichnet!* —gritó Todtman. ¡Excelente!

Se apresuraron hacia el que tenían más cerca.

—¿Lo podrá arrancar? —preguntó Ren mientras el alemán se instalaba en el asiento del conductor.

—¡Pues claro! —exclamó Todtman al tiempo que asía su amuleto—. Estos coches son pura lógica; ¡son alemanes!

El potente motor despertó con un rugido y los tres amigos salieron derrapando del aparcamiento.

Álex volvió la vista atrás una última vez cuando el coche enfilaba por la larga cinta de ardiente asfalto que los llevaría a un lugar seguro. Se quedó mirando el fortín subterráneo de la Orden. Un manto color arena cubría ya la boca del pozo derruido. El pozo en el que habían perdido a Pai y en el que habían estado a punto de perecer antes de su encuentro con una diosa. La persiana que acababan de cruzar empezaba a abrirse de nuevo. Y tras ella, en alguna parte, estaba el primo de Álex, cautivo y atrapado en el fuego cruzado de todo aquello, en manos de unos maníacos cuyo capricho decidiría su vida o muerte.

Por fin, se concedió permiso para mirar la carretera que se perdía ante ellos, pero no la vio. Lo que vio, en cambio, fue una telaraña. Se observó a sí mismo. Giró la mano a un lado y a otro, para observarla. Él era la araña. Y era venenoso.

Cuando el aire acondicionado del lujoso sedán empezó a funcionar, tomó la primera bocanada de aire fresco en lo que se le antojaba una eternidad. Se llenó los pulmones de aire y la mente de una sola palabra, la única por la que todo aquello podía merecer la pena. Lo único que podía romper la red y liberar a todos los que habían quedado atrapados en ella.

Minyahur.

Rumbo a Minyahur

Todtman tecleó el destino en el navegador, cambió la marcha del potente automóvil y pisó el gas a fondo. Álex se arrellanó en el asiento trasero, sin reparar en el negro moscardón que subía por el borde de la portezuela.

El Mercedes circulaba raudo hacia el sur cuando el sol empezó a ponerse al oeste. Todtman se internó en unas cuantas aldeas y tomó una serie de desvíos aparentemente al azar, por si los estaban siguiendo. Pero Álex no vio ningún vehículo sospechoso a su zaga y el elegante automóvil parecía un refugio seguro: una pequeña burbuja de cristales ahumados y aire acondicionado.

Durante un rato, nadie dijo gran cosa. Estaban demasiado cansados y cada cual tenía que digerir lo que acababa de suceder a su modo. Álex no veía la pequeña figura de Ren al otro lado del enorme asiento delantero, pero escuchó sus sollozos y supo que lloraba por Pai.

Finalmente todos se rehicieron, igual que boxeadores que se levantan de la lona, y la necesidad de entender lo que acababan de presenciar se tornó demasiado fuerte como para seguir en silencio.

Ren llevaba unos cincuenta kilómetros intentando descifrar algo por sí misma y por fin decidió preguntar a Todtman.

—¿Y qué tenían esas estatuas de especial? —preguntó—. ¿Por qué le daban tanto…? O sea, no se ofenda, pero ¿por qué le inspiraban tanto miedo?

—Son armas poderosas y muy peligrosas. Ojalá hubiéramos tenido tiempo de destruirlas.

—¿Peligrosas? —se extrañó Ren—. ¿Qué se propone la Orden? ¿Golpear a la gente con ellas? Ni siquiera caminan.

—Aún no —replicó Todtman. Al principio Ren creyó que bromeaba, pero la expresión sombría de su rostro no mudó en otra, únicamente se acentuó—. Ya sabéis que las gentes del Antiguo Egipto pensaban que si creaban una imagen de sí mismos en vida y se encarnaban en ella en el más allá…

—Ya sé —lo interrumpió Ren, que acababa de recordarlo—. Como aquel Caminante de la Muerte, Willoughby, cuando estábamos en Londres… Era idéntico a la estatua de la cripta.

—Y la cara del rey Tut era igualita que la de su famosa máscara —añadió Álex.

Ren recordó encantada el aspecto que tenía Tutankamón en el Valle de los Reyes. No parecía tanto un rey niño como el miembro de un grupo de pop adolescente.

—Sí —confirmó—. Era supermono.

—Si tú lo dices, me lo creo —respondió Todtman—. Pero estas estatuas no buscan la belleza. Fueron construidas para convertirse en guerreros.

—Entonces —terció Álex—, ¿los miembros de la Orden pretenden «encarnarse» con ese aspecto? ¿Quieren medir tres metros de altura y ser de piedra?

—Pretenden ser invulnerables —explicó Todtman—. Invencibles.

—Pero ¿no tendrían que morir primero? ¿Igual que Tut y Willoughby?

Todtman despegó los ojos de la carretera y se volvió a mirar a Álex con una parsimonia que llevó a Ren a temer por su propia vida.

—¿Y no los crees capaces? —le soltó con sequedad—. La Orden…

—Rinde culto a la muerte —terminó Ren—. Ya lo sabemos. Por favor, ¿podría mirar a la carretera? —En ese momento, comprendió por fin las connotaciones de lo que el anciano estudioso estaba diciendo—. Un momento, ¿se proponen sacrificarse a sí mismos? ¿Planean convertirse en Caminantes de la Muerte?

Álex gimió.

—En Megacaminantes de la Muerte. Serían indestructibles.

¡PIII!

Un camión que venía de frente captó por fin la atención de Todtman… mediante el claxon y no con el morro, por suerte. El alemán regresó a su carril.

—Y sospecho que sus poderes serían tan inmensos como sus cuerpos —prosiguió—. Los Conjuros Perdidos permitieron a los Caminantes de la Muerte acceder a este mundo, y los Conjuros permitirían cruzar también a los nuevos. Y puesto que disfrutarían de la protección de los hechizos…

—Sería imposible acabar con ellos y se quedarían aquí por siempre —concluyó Álex. Ren se giró y lo vio mirar su amuleto—. Ni el Libro de los Muertos, ni el escarabeo, nada podría detenerlos.

Ren intentó imaginarlo. Megacaminantes de la Muerte con megapoderes.

—¿Os imagináis hasta qué punto sería poderosa Peshwar? —señaló—. ¡Esas dagas de energía que se gasta podrían derribar un edificio! ¿O el líder? Uf, guau…

—Podrían controlar a los presidentes, naciones enteras —apostilló Todtman—. Y nada podría detenerlos… ni siquiera lastimarlos.

—No me extraña que estén cooperando con los Caminantes de la Muerte —caviló Álex—. Planean convertirse en Caminantes de la Muerte.

Todtman asintió con aire solemne.

—El mundo de los muertos ya se está infiltrando en el de los vivos y ha empezado a enraizar. La Orden y los Caminantes se proponen usar esa brecha para apoderarse de él; para vivir eternamente y gobernar un mundo ensombrecido por la muerte.

Ren se recostó en el asiento mientras trataba de imaginar un planeta gobernado por la Orden y los Caminantes de la Muerte. No quería formar parte de un mundo así.

—Menos mal que ahora mismo vamos en busca de los Conjuros —dijo—. ¡Tenemos que cerrar esos portales para siempre y dejarlo todo igual que estaba!

Echó un vistazo a los otros dos. Todtman asentía, pero Álex… Álex mostraba la misma expresión que si le hubieran atizado un puñetazo. Al principio no entendió su reacción, en absoluto. Y entonces cayó en la cuenta.

—Oh —musitó—. Oh, no.

Todtman mantenía los ojos fijos en la carretera.

—Sí —admitió el anciano—. No hay modo de saber qué pasará si cerramos los portales para siempre, pero el riesgo siempre ha estado ahí… el riesgo para Álex.

¿Siempre ha estado ahí?, pensó Ren. *¿Era evidente?* Ella no se alistó para eso.

136

—¿Era evidente para ti? —preguntó, mirando a Álex entre los asientos e intentando, sin conseguirlo del todo, borrar el tono compasivo de su voz.

—Intentaba no pensar en ello —reconoció él—. Pero si empleamos los Conjuros y todo vuelve a ser como antes, bueno...

No tuvo valor para expresarlo en voz alta y Ren no podía reprochárselo.

Porque antes él estaba enfermo; enfermo, en el mejor de los casos.

En el peor, estaba muerto.

Aquella noche, cuando el sol volvió a enrojecer y ya besaba el horizonte, llegaron a Minyahur.

Tierra de arena y secretos

Álex bajó del coche para salir a lo que se le antojó otro mundo, uno donde los monstruos aguardaban su propio nacimiento y en el que ganarles la batalla podía implicar perder la vida. Miró a un lado y a otro mientras sus amigos se apeaban también y estiraban las piernas a su lado. La pequeña aldea parecía cerrada a cal y canto, tan resguardada como la cámara de seguridad de un banco. Aún no habían dado las nueve, pero las cuatro casas que constituían el centro de la ciudad dormían como animales apiñados. Las puertas estaban cerradas; las ventanas, oscuras; las persianas, echadas. La única luz reinante procedía de la incipiente luna y de una farola solitaria.

Aquello era Minyahur, el pueblo que la madre de Álex consideraba un santuario, un refugio tranquilo en un mundo de locos. El lugar en el que esperaba encontrarla.

—Bueno, como mínimo hay electricidad —comentó Ren mientras estiraba las piernas y alzaba la vista hacia la titilante bombilla.

La tenue luz no tenía gran cosa que revelar: un paisaje arenoso que se fundía con la oscuridad. Torcidas chozas de barro cocido apoyadas entre sí en humildes grupos y achatadas estructuras de ladrillo rojo desperdigadas aquí y allá como casitas del Monopoly. Todos los edificios tenían pesadas puertas y gruesas contraventanas de madera, incluso los más ruinosos. *¿Habrá luces encendidas tras esas ventanas?*, se preguntó Álex. *¿Este pueblo está dormido o acaso la gente se ha marchado?*

—No parece muy acogedor —observó Ren, que miraba a su alrededor con aire escéptico.

Álex se hundió la mano en el cuello de la camiseta para extraer el escarabeo. Lo notó caliente al tacto. No sabía qué había sido de los vecinos del pueblo, pero ahora tenía una cosa muy clara: «Los muertos campan por aquí a sus anchas».

—¿Por qué no vais a echar un vistazo por ahí? —sugirió Todtman—. Yo intentaré encontrar alojamiento.

Ren contempló las oscuras y calladas edificaciones, tan silenciosas e inanimadas como sepulcros.

—¿Y si se ha producido alguna desgracia?

—Exacto —respondió Todtman—. Tenemos que asegurarnos de que las cosas van bien por aquí, de que es seguro pasar la noche en este pueblo. Pero no os vayáis muy lejos.

Álex y Ren se quedaron mirando cómo daba media vuelta y se internaba en la calle entre los golpes de su bastón escoba, que se hundía como un cuchillo cada vez que lo apoyaba en la arena.

—Venga —dijo Álex—. Hay más casas en esta dirección.

Echaron a andar por la carretera, pero se sentían expuestos y, sin intercambiar palabra, se desviaron hacia la suave arena de la cuneta. Calzado con las botas que se habían amoldado a sus pies en el Valle de los Reyes, Álex se sentía más cómodo caminando por la arena. Unas botas iguales a las que su madre llevaba siempre en sus expediciones.

Por primera vez en lo que se le antojaba una eternidad, no solo le parecía posible sino también probable que ella anduviera por allí cerca. Lo embargó la misma emoción que ya había experimentado otras veces. Echó un vistazo a la desolada aldea: viéndola, cabía pensar que la doctora Bauer se había largado al fin del mundo para escapar de ellos. Para escapar de él. Y por una vez, Álex no se lo reprochaba. *Todo el mundo huye de las arañas.*

Se internaron un poco más en las arenosas afueras del pueblo. Caminando en un sentido, Álex lo sabía, llegabas al Nilo, la fuente y el ancla de cualquier forma de vida en Egipto, que discurría lánguido hacia el norte hasta perderse de vista. En sentido contrario te internabas aún más en el vasto desierto del Sáhara. Dejó errar la mirada por las arenas, que brillaban como una infinita extensión de nieve a la luz de la luna. El paisaje era hermoso, pero Álex necesitaba algo más, algo que los ojos no podían ofrecerle ahora mismo. Rodeó su amuleto con la mano. Su pulso se aceleró y perdió el aliento al notar la viva descarga de antiquísima energía chisporrotear por sus venas.

Súbitamente, el entorno empezó a temblar de un modo casi imperceptible. Cuánto le habría gustado poder usar el escarabeo para ubicar una sola señal, bien definida. En cambio, los muertos vivientes (o la magia mortal que los había traído de vuelta) parecía estar por todas partes.

—Algo va mal —declaró a la vez que soltaba el amuleto. De todos modos, si lo usaba demasiado rato le dolía la cabeza.

Se acercaban a una pequeña choza construida con ladrillos de barro cocido, y Alex no sabía si evitarla o buscar algún signo de vida. De cerca, advirtió que la casita estaba pintada de un amarillo mostaza que le daba un aspecto singularmente alegre. Al mirarla, vio una figura difusa que emergía de las profundidades de la cabaña para asomarse.

140

—¡Ren! —llamó a su amiga, pero ella ya la había visto.

Raudos como pistoleros, ambos echaron mano de sus amuletos.

La figura salió de la casa y se quedó plantada bajo la luz de la luna. Se trataba de un anciano cubierto de andrajos. Ren soltó un gran suspiro de alivio y Álex notó cómo sus propios hombros se relajaban, pero ninguno de los dos soltó el talismán cuando el viejo mendigo rompió a hablar.

—Ah, niños, unos niños forasteros —dijo.

El chico miró al anciano. Tenía la piel curtida y una mata de cabello apelmazado y despeinado. De complexión extremadamente delgada, el hombre se cubría con una vieja chilaba marrón. Álex no esperaba ver pantalones de vestir ni nada parecido en un sitio así, pero ¿una harapienta chilaba? Realmente se encontraban en mitad de la nada.

Álex inspiró hondo y forzó una sonrisa.

—Estamos buscando a alguien —informó.

—¿Ah, sí? ¿Y a quién buscáis?

—A una mujer —respondió—. Una extranjera.

—Es posible que sepa algo de eso —apuntó el anciano con aire enigmático.

—¡Álex! —cuchicheó Ren, retrocediendo.

Ignorando a su amiga, el chico avanzó un paso. *¿De verdad este viejecito sabe algo sobre mi madre?*

—Te lo diré —siguió hablando el hombre— a cambio de una moneda.

Álex hurgó en su bolsillo.

—¡Álex! —repitió Ren, en voz más alta esta vez.

Él la reprendió con la mirada: *¡Ahora, no!* Siempre y cuando no soltara el amuleto, Álex se sentía a salvo. Extrajo un puñado de monedas egipcias del bolsillo. El hombre tendió la mano,

141

con las largas uñas apuntando hacia fuera y la palma surcada de porquería. Sin embargo, mientras dejaba caer las monedas en la mano del hombre, un pensamiento cruzó la mente de Álex. *¿Cómo es posible que entienda a este hombre? ¿Qué probabilidades hay de que un mendigo que habita en los confines del Egipto árabe parlante se exprese en un inglés impecable?* Al dejar caer la calderilla, bajó la vista hacia su amuleto; el mismo que le permitía hablar la lengua del Antiguo Egipto cuando lo tenía entre los dedos. *Ay, ay, ay…*

Las monedas aterrizaron en la mugrienta palma del hombre… y la traspasaron. Se estrellaron en la arena con suavidad.

El anciano —o su espíritu, más bien— miró las monedas caídas y luego alzó la vista hacia Álex con una sonrisa avergonzada.

—Ahorrar nunca fue mi fuerte —dijo. Y mientras hablaba, empezó a cambiar. Su boca se agrandó, sus ojos se ennegrecieron a la luz de la luna…

Retrocediendo a toda prisa, Álex tropezó con una piedra. Agitó los brazos para recuperar el equilibrio pero no lo consiguió. Se pegó tal trompazo que un intenso dolor le recorrió la espalda, desde la rabadilla hasta la columna vertebral. Alzó la vista y vio un anillo de afilados dientes en torno a una negrura insondable. El amuleto se le había escapado de los dedos al caer y lo buscó a tientas, desesperado.

¡FWOOOP!

Un fogonazo de luz blanca lo deslumbró y, por un momento, únicamente alcanzó a ver estrellas. Se apartó rodando a ciegas, notando cómo la áspera arena le arañaba la piel y se le colaba entre la ropa.

Cuando recuperó la visión, levantó los ojos y descubrió que los dientes habían sido reemplazados por… Ren.

—Si esperas que te siga salvando el trasero —le soltó—, lo mínimo que podrías hacer es dejar de caerte de culo.

—Si, ja, ja —replicó Álex. Tendiendo la mano, trató de rescatar la poca dignidad que le quedaba—. Si piensas seguir dejándome ciego con ese amuleto tuyo, lo mínimo que podrías hacer es echarme una mano.

Ren se la tendió.

—Será mejor que volvamos —dijo a la vez que tiraba de él.

—Sí, buena idea —respondió Álex, y volvió la vista a un desierto que, de golpe y porrazo, había mudado en algo menos hermoso y más escalofriante.

Regresaron en silencio. A solas con sus pensamientos, Álex se concedió permiso para pensar en lo que Todtman había dicho: *El riesgo siempre ha estado ahí.* Un riesgo… no una certeza.

¿Y en qué consistía el riesgo, exactamente? Podía aceptar la idea de volver a enfermar, aunque añoraría horrores su salud actual. Se levantó y aspiró el aire puro del desierto. Notó el perfecto funcionamiento de su organismo, su eficiencia: cómo extraía el oxígeno y bombeaba la sangre. Ya no experimentaba aquel hormigueo constante en las extremidades, ni sentía una marejada en la barriga, ni le pesaba el cuerpo como si fuera de plomo. Se había acostumbrado a encontrarse bien, ya casi ni le daba importancia. Sí, lo echaría de menos. No obstante, ahora debía afrontar algo más importante: *¿Esta misión me costará la vida? ¿O hay algún modo de desbaratar los planes de la Orden sin que eso acabe conmigo también?*

Lo cierto es que no lo sabía, y debía aceptarlo. Oyó el crujido sordo de los pasos de su amiga y miró la luna, pálida como hueso. Había metido en líos a tanta gente… Puede que no hubiera más remedio. Ren llevaba desde el comienzo arriesgando la vida por él. Quizás había llegado el momento de que Álex corriera el mayor riesgo de todos, por ella… y por los demás.

Echó un vistazo a su amiga, su menuda figura empequeñecida por el árido desierto que se perdía en el horizonte. Tenía la sensación de haberla arrastrado al fin del mundo también, de haberle exigido demasiado. *¿Estoy dispuesto a morir para poner fin a todo esto?*, se preguntó.

Propinó un puntapié a la arena y siguió caminando.

Ya debería estar muerto.

Toque de queda

Todtman había encontrado un refugio para pasar la noche, desde luego que sí; allí mismo, en el interior del Mercedes.

—Vive gente en esta aldea —les explicó—. Pero tienen miedo. Tal vez sea preferible no imponerles nuestra presencia de momento, creo yo... ni confiar en ellos.

Una hora más tarde, Ren descansaba en el asiento trasero, ya que era tan menuda que podía tenderse allí. Los otros dos habían reclinado los asientos delanteros tanto como daban de sí. La mirada de Ren erraba por el firmamento a través del parabrisas trasero. Estaba tan cuajado de estrellas que parecía como si latiera y vibrara, una vista más estimulante que opresiva. El coche seguía aparcado detrás del racimo de casas. *¿Estamos a salvo aquí?*, se preguntó.

Un coche, bien pensado, no es el colmo de la seguridad. Y pese a todo no tenía miedo. En parte por las personas que la acompañaban. Todtman era un hacha con su halcón... aunque ahora mismo estuviera roncando sin complejos. Y en ocasiones pensaba que Álex era capaz de mover montañas con su escarabeo. *Una hazaña increíble, viniendo de un chico que un año atrás ni siquiera aguantaba una clase de gimnasia hasta el final.* Pero, por otro lado, su sensación de seguridad no tenía nada que ver con los demás. Bajando la vista, contempló el ibis, que emitía un fulgor suave a la luz de las estrellas.

Volvió a observarlo, ahora con una nueva mirada. Había aprendido a hacer tantas cosas con él… Era capaz de forzar cerraduras, ahuyentar espíritus y cegar a alguna que otra mosca gigante. En cuanto a las imágenes, puede que hubiera adoptado un enfoque equivocado. Siempre había pensado que el amuleto le ofrecía respuestas y se había sentido culpable por no ser capaz de entenderlas, pero ¿y si solo le proporcionaba información? ¿Una especie de orientación? ¿Y si no fuera la hoja de respuestas? ¿Y si se tratara más bien de la materia de estudio?

A solas en el asiento trasero, sonrió. No creía que a nadie le gustara tanto estudiar como a ella.

Al cabo de un momento, Ren empezó a roncar también.

La mañana siguiente, a pesar de todo, amaneció soleada.

Álex despertó el primero, hecho un cuatro y hambriento. Le dolía todo el cuerpo pero por dentro estaba vibrando. Si aquel iba a ser el día en que por fin encontrase a su madre, sería el mejor de su vida. También podría ser el último. Se sentía como si fuera la mañana de Navidad, aunque con demasiadas referencias a Halloween. Trató de visualizar cómo sería volver a verla después de todo ese tiempo. *¿Me arrojaré en sus brazos?*, se preguntó. *¿Me recibirá ella con los brazos abiertos?*

Giró el entumecido cuello hacia el asiento trasero.

—Eh, Ren —dijo por encima de los ronquidos de Todtman, precisos y regulares—. ¿Estás despierta?

—Ahora, sí —gimió ella.

La conversación despertó a Todtman.

—*Guten Morgen* —les deseó con voz ronca.

Álex y Ren respondieron con sendos gruñidos.

¡Toc, toc, toc!

Las tres cabezas se volvieron al mismo tiempo. Había un hombre plantado junto al coche, llamando a la ventanilla de Todtman. El anciano enderezó su asiento y bajó el cristal. Mantuvieron una breve conversación en árabe, el alemán le tendió unos billetes y el hombre desapareció.

—Es el dueño de la tienda que está allí delante —explicó Todtman—. Cobran una tarifa por aparcar aquí. Sospecho que lleva vigente el mismo tiempo que hemos pasado nosotros aquí. También quería saber si nos apetece desayunar.

—Ya lo creo —exclamó Álex. Sus sentimientos andaban hechos un lío, pero su estómago sabía muy bien lo que quería, a juzgar por sus gruñidos.

Bajaron del Hotel Mercedes y salieron al brillante día egipcio. Rodearon los edificios y se internaron en la calle principal, haciendo lo posible por alisar y aplastar el peinado estilo Benz de su cabello mientras caminaban.

Álex se sorprendió de ver las calles tan concurridas. Minyahur era una ciudad fantasma la noche anterior —literalmente— y ahora bullía de actividad. Miró la hora en el teléfono móvil. Por lo visto, los pueblos que se retiran temprano también amanecen pronto. Mirando las pesadas contraventanas de madera, ahora abiertas de par en par, Álex creyó entenderlo. Anoche, Ren le había salvado de un aterrador destino gracias a su ibis, pero esas personas no tenían amuletos. Solo contaban con sólidas paredes para guarecerse detrás.

Oyó pisadas a su espalda y se retiró a un lado para ceder el paso a un grupo de mujeres por la agrietada acera de cemento.

Lucían el tradicional atuendo musulmán, cubiertas de la cabeza a los pies con abayas negras y velos que únicamente les dejaban los ojos a la vista.

—¿No tienen calor? —susurró Ren al verlas. Luego miró su propio atuendo, deportivo y de manga corta.

Álex observó el centro del pueblo. Estaba atestado de gente, todos cargados con bolsas, acompañando niños o sencillamente caminando a toda prisa hacia algún destino desconocido. Casi todos los hombres llevaban turbantes grandes como calabazas y las tradicionales túnicas egipcias conocidas como galabiyas. Buena parte de las mujeres, en cambio, se cubrían con ese atuendo negro que lo ocultaba todo. *Es un disfraz perfecto*, comprendió el chico con una mezcla de terror y admiración. *Mamá podría pasar andando por mi lado y yo no la reconocería.*

Sonó una campanilla cuando empujaron la puerta de la tienda.

—¡Ah! —exclamó el vendedor—. Desayuno, ¿sí? —Dedicó a Álex y a Ren una ojeada rápida y una sonrisa empalagosa—. ¿Qué os parece mi inglés? Bueno, ¿verdad? Antes lo era, pero no hay muchas ocasiones de practicar por aquí.

Álex le respondió con una sonrisa educada.

—Y bien —dijo—, ¿de qué tipo de desayuno estamos hablando?

Consistía básicamente en galletas resecas y muy azucaradas acompañadas de té, pero los tres lo devoraron todo como fieras en la pequeña mesa de la trastienda. Luego volvieron al local para pagar la comida… y alguna moneda más a cambio de información.

—Los tenderos se enteran de todo en los pueblos como este —susurró Todtman.

Y puede que aquel hombre se enterara de todo, pero no quería soltar prenda. ¿Una mujer extranjera? No, que él supiese.

¿Forasteros en general? No recordaba a ninguno. ¿Algún suceso extraño últimamente? Fantasmas y desaparecidos; rumores de momias. Ningún ser vivo, en cualquier caso.

Pagaron la comida, una botella de agua, un frasco de repelente de insectos y unas mochilas baratas, dado que las de Álex y Ren seguían en alguna parte de la ciudadela secreta de la Orden. Álex guardó las cosas en la mochila, se la cargó a la espalda y se encaminó a la puerta. Fue entonces cuando atisbó un detalle en un anaquel central: una nota de color que le sonaba de algo. Se volvió hacia el vendedor.

—Ese té de ahí, el de la etiqueta morada —quiso saber—. ¿Lo compra mucha gente?

El hombre miró en dirección al té y luego otra vez a la caja registradora.

—No mucha —dijo—. Es un encargo especial. La gente de por aquí prefiere... —se crispó visiblemente y se mordió la lengua. Tras una pausa deliberada, o eso creyó Álex, el hombre prosiguió—. No es ni la marca más popular ni la menos solicitada. ¡Que tengáis un buen día! Si esta noche seguís por aquí, también sirvo cenas.

Cerró el cajón de la caja registradora y, con este gesto, dio por zanjada la conversación.

Álex golpeteó la lata de té con el dedo. El sonido del tamborileo le ayudó a adivinar dos cosas. En primer lugar, que la lata estaba medio vacía. En segundo, que su madre conocía bien Egipto; pero Álex la conocía a ella mejor que nadie.

Zumbando por el pueblo

—¡Está aquí! —exclamó Álex cuando volvió a salir a la luz brillante y cálida de la mañana—. ¡En Minyahur! Le ha vendido té; ¡lo ha encargado especialmente para ella!

Ren ahuyentó una de las muchas moscas que zumbaban adormiladas por el centro de la aldea.

—¿Cómo podríamos convencerlo de que nos diga dónde está?

—No lo sabrá —opinó Todtman—. Aparece siempre por sorpresa, dirá, es impredecible. Seguro que paga en metálico y se marcha sin despedirse, quizá mientras él está charlando con algún otro cliente. Unas veces tomará un rumbo y otras, el contrario.

—¿Cómo sabes todo eso? —se extrañó Ren.

—Porque es lo que yo haría —respondió Todtman sin más—. Debemos buscarla en las afueras del pueblo. Seguro que no se aloja en el centro.

Plantados al borde de la acera, esperaban para cruzar la calle. No había coches a la vista, pero sí un carrito tirado por un burro que no tenía ninguna prisa.

—¿Y por qué no compra la lata entera —preguntó Álex a Todtman al llegar al otro lado de la calle— en lugar de dejarla allí, donde yo podría verla?

—Puede que lo hiciera y que el tendero comprara otra, con la esperanza de venderla también —repuso Todtman encogiéndose de hombros—. O también es posible que no se pueda permitir el gasto.

A Álex se le cayó el alma a los pies solo de imaginar a su madre contando monedas y limitándose a comprar la cantidad justa de té. La imaginó mordisqueando media galleta de esas que parecían yeso para comer y dejando la otra mitad para la cena. *Sola y hambrienta…*

—¡Ay! —exclamó, y se arreó un manotazo en el cuello.

—Sí —asintió Todtman—. Son moscas de la arena. Unos bichos repugnantes… o algo peor. Es hora de ponerse repelente de insectos.

O algo peor… Álex estaba pensando lo mismo: *¿Serían espías esas moscas, igual que la otra?* Extrajo un aerosol metálico de la mochila y Ren se lo arrancó de las manos.

—Esto parece sacado de la Segunda Guerra Mundial —comentó ella, al mismo tiempo que estudiaba la etiqueta medio despegada—. La mitad de los ingredientes deben de estar prohibidos en los Estados Unidos.

Se rociaron por turnos con la loción, de todos modos. Álex se empapó los brazos y el cuello y Ren se lo aplicó en pequeñas dosis, como si fuera perfume. Todtman, que llevaba manga larga, se humedeció las manos y la cara.

Por fin reanudaron la búsqueda, ahora en dirección a las afueras del pueblo.

—Volveré a probar con el amuleto —propuso Álex, que ya lo estaba buscando debajo de su camiseta.

Se detuvo, cerró los ojos y rodeó el escarabeo con la mano. La noche anterior había notado una señal difusa, que se extendía por el paisaje; magia negra por todas partes. Ahora, sin embargo, algo había cambiado. De golpe y porrazo, Álex tuvo la sensación de estar sujetando una patata caliente recién salida del horno. Notó un chisporroteo en la delicada piel de la palma y su visión se iluminó desde dentro con una luz roja, anaranjada y dorada.

Ahogando una exclamación, soltó el ardiente escarabeo.

Abrió los ojos. Seguía viendo los colores cuando se miró la mano. No encontró quemaduras ni llagas visibles en ella.

—¿Qué pasa? —preguntó Ren, que había captado las expresiones de sorpresa y luego de dolor de Álex.

Él miró a su mejor amiga y la vio envuelta en un aura de estrellas.

—Son los Conjuros Perdidos —contestó con un hilo de voz—. Están aquí.

—¿Captas en qué dirección? —presionó Todtman.

Álex se volvió a mirarlo, ahora con la vista más despejada, y respondió lo mejor que pudo.

—No… no lo he visto. Era demasiado intenso. Pero están cerca —añadió—. Muy cerca.

—Menos mal —replicó Todtman—, porque creo que estamos a punto de tener compañía.

Al principio Álex no entendió a qué se refería. Si bien el remolino de colores había remitido, veía borroso y oía zumbidos. Miró a un lado y a otro. Los habitantes de la aldea habían desaparecido, como repelidos por los tres forasteros, para ser sustituidos por un mar de moscas.

Nubes de violentas mosquitas de arena zumbaban en el aire, y cada una de las superficies planas que había en seis metros a la redonda aparecía salpicada de moscardones negros.

—Oh, oh… —gimió Álex y, cuando lo hizo, un grueso moscardón se le coló en la boca como una asquerosa gota de medianoche.

¿Dónde se ha metido Maggie Bauer?

A punto de vomitar, Álex escupió la mosca, que se estrelló en la arena como un perdigón mojado.

—Tenemos problemas —anunció—. Aff Neb está aquí.

Se enjugó la boca con el antebrazo y volvió a escupir.

Todtman miró de nuevo el bullicioso enjambre.

—Sí, o llegará pronto. Creo que nos vigilan por encargo suyo. Será muy poderoso aquí entre tantos… amigos. Y dudo que venga solo.

La Orden poseía un arsenal infinito. Álex temía que Peshwar y su líder —por no hablar de la pequeña hueste de matones a sueldo— anduvieran cerca también. *¿Habrían reunido un ejército imbatible para atrapar a su madre y hacerse con los Conjuros?*

Le zumbaba la cabeza, por dentro y por fuera. Las moscas pululaban a su alrededor; una le mordía el cuello mientras que otra se le enredaba en el pelo. Estaba enfadado y frustrado… pero no se sentía impotente.

153

—Sujetaos fuerte —dijo entre dientes.

El aire se levantó a su espalda y sopló hacia ellos por las anchas calles de la pequeña aldea. Traía consigo un muro de turbulenta arena. Puede que el Señor de las Moscas fuera muy poderoso allí, pero no era el único que dominaba la magia del desierto. Álex formuló mentalmente el viejo mantra. *El viento que precede a la lluvia…*

Separó las piernas y se dejó azotar por el viento. Ren se agarró al poste de una verja cercana. Todtman clavó su bastón en el suelo y se inclinó, creando un trípode.

Las moscas carecían de esa clase de recursos.

Durante un ratito, el vendaval ahogó cualquier otro ruido mientras que la turbulenta arena tapaba el sol. Cuando cesó, el aire estaba despejado y las moscas habían desaparecido. Los vecinos de la aldea que se habían refugiado en chozas y callejones asomaron curiosos la cabeza.

—Eso está mejor —dijo Todtman a la vez que tosía y expulsaba un poco de arena—. Pero no las entretendrá mucho tiempo… ni retrasará a su amo.

Álex estuvo de acuerdo.

—Hay que encontrar a mi madre ahora mismo.

Sin añadir nada más, él y Todtman se volvieron a mirar a Ren.

—Tienes que usar el ibis —la apremió el anciano—. No hay tiempo para discusiones.

Álex guardó silencio. Había advertido algo en Ren últimamente. Titubeaba menos a la hora de recurrir a su amuleto, se mostraba menos insegura, más…

—¡Preparada! —exclamó ella al tiempo que rodeaba el ibis con la mano.

Ren cerró los ojos.

Instantes después, los abrió entre parpadeos.

—¿Qué has visto? —le preguntó Álex, que se inclinaba hacia ella con impaciencia.

—Lo mismo que la última vez —respondió su amiga—. Nada de nada.

Frustrado, el chico propinó un fuerte puntapié a la arena.

—Bueno, eso no nos sirve de mucho —comentó Todtman, y se dio media vuelta.

—No, esperad —prosiguió Ren—. Lo estáis interpretando mal. El ibis no ofrece respuestas, solo información. —Se volvió a mirar a Todtman—. La última vez, cuando no vi nada, usted comentó que los Conjuros debían de estar escondidos o protegidos por algún tipo de magia.

—Sí —afirmó el alemán—. ¿Y?

—Pues que de nuevo están escondidos —aclaró Ren. Señaló a Álex—. Pero no lo estaban cuando él ha echado un vistazo, hace un momento. La señal era tan fuerte que por poco le quema la mano.

—Es verdad —reconoció el chico—. Me ha dolido.

—Prueba otra vez —propuso ella.

—¿Qué? ¡Ni hablar! —replicó Álex.

Ren esbozó la más mínima de las sonrisas y luego, imitando el acento de Todtman, advirtió:

—No hay tiempo para discusiones.

Vaya, me ha pillado, se dijo Álex. Envolvió el escarabeo con la mano. Cerró los ojos y aguzó los sentidos, preparado para notar el fuerte escozor y la turbación inminentes. En cambio…

—Nada —confirmó—. Únicamente he notado el ligero temblor que percibí ayer por la noche. Débil y por todas partes. —Se volvió hacia Todtman—. ¿Qué significa?

—Los Conjuros han quedado desprotegidos durante un instante —contestó este—. Tu madre debe de haberlos sacado de su escondrijo y ahora los ha ocultado otra vez. Es posible que haya visto las moscas también.

—O el vendaval —apostilló Álex—. Lo habrá reconocido. Antes este amuleto era suyo.

—Sea como sea, sabemos que los Conjuros se encuentran en las inmediaciones y que ahora están ocultos —concluyó Todtman.

—Eso significa que ella anda por aquí cerca y que nos está vigilando —dedujo Álex, que ahora miraba ansioso a su alrededor.

—Puede que llamar su atención de algún modo no sea mala idea ahora mismo —opinó Todtman—. El tiempo apremia… y no tenemos nada que perder.

—Pero ¿de qué servirá llamar su atención? —señaló Ren—. Se está escondiendo de nosotros.

—Se esconde, sí —arguyó Todtman—. Pero también está protegiendo los Conjuros. Y si algo los amenazase…

—Querría saber qué es —terminó Álex por él, captando la idea.

—Dime —pidió el anciano—. Si vieras a tu madre, aun disfrazada, tapada de los pies a la cabeza, ¿crees que la reconocerías?

Álex meditó la respuesta. Consideró el millón de recuerdos multifacéticos que conformaban su historia en común. Recordó a su madre sentada en silencio al otro lado de la mesa de la cocina, Álex medio absorto en algún juego del iPad, ella enfrascada a medias en un grueso volumen. De vez en cuando, ambos alzaban la vista en el mismo momento exacto —a saber por qué— sonreían y volvían a bajarla.

—Sí —afirmó—. Creo que sí.

—Bien —dijo Todtman—. En ese caso habrá que recurrir a los amuletos de nuevo.

—¿Quién? —preguntó Ren.

El erudito alemán sonrió.

—Los tres, por supuesto.

—A la de tres —ordenó Todtman—. Un, dos…

Echaron mano de los amuletos. La Orden estaba en camino y no escatimaría esfuerzos para encontrar a la mujer, Álex lo sabía. Quemarían la aldea hasta los cimientos y arrancarían el velo de cualquier rostro. Los tres Guardianes del Amuleto no recurrirían a tales tácticas, pero no había tiempo para andarse con remilgos.

—¡Tres!

Álex cerró el puño izquierdo alrededor del escarabeo. Tan pronto como notó la antigua energía chisporrotear en sus venas, levantó la mano derecha y la hizo girar en pequeños círculos, como un vaquero que se dispone a arrojar el lazo. Mediante ese gesto creó un remolino de viento, que al instante empezó a levantar arena alrededor de los tres amigos perdidos en mitad del desierto. Un zumbido recorrió las calles y apareció un alto embudo de aire, cuyas corrientes circulares se tornaron visibles en forma de turbias paredes de arena.

Los transeúntes se volvieron a mirar cómo el tornado de arena seguía creciendo. Otros salieron de las casas o asomaron la cabeza por la ventana para observarlo mejor. Las tormentas de arena y los remolinos de polvo eran frecuentes por aquellos lares… pero no como ese.

—¡Ahora, Ren! —gritó Todtman por entre la vorágine que los rodeaba.

Ren aferró el ibis con más fuerza y desplazó la mano libre hacia arriba.

¡FWOOP!

Un fogonazo de luz blanca iluminó el cielo al tiempo que se reflejaba en millones de cristales de arena. Una hermosa lluvia de quebrada blancura inundó hasta el último rincón de la aldea.

Álex oyó exclamaciones y gritos procedentes de la multitud creciente. Nuevos pares de ojos se volvieron a contemplar el espectáculo, más aldeanos se acercaron atraídos por la función. Por fin, Todtman intervino. Álex había presenciado cómo empleaba el «observador» para controlar las mentes de individuos aislados en numerosas ocasiones, pero ahora precisaban algo más. Estrechando su halcón de piedra con fuerza, gritó:

—¡Mirad! ¡Contemplad!

La turbulencia del aire ahogó por completo el sonido de su voz, pero el grito psíquico se expandió por el desierto. Las pocas puertas que quedaban cerradas se abrieron de par en par. De golpe y porrazo, aun los aldeanos más precavidos experimentaron el intenso deseo de contemplar aquel enorme aunque inofensivo tornado.

Cuando Ren lo iluminó con un segundo fogonazo —¡FWOOP!—, una multitud aún mayor redobló las exclamaciones de asombro.

Álex tenía la cabeza como un bombo y el brazo se le empezaba a cansar.

—¡Suficiente! —gritó Todtman.

El chico soltó el escarabeo y dejó caer el fatigado brazo. El torbellino de arena se derrumbó al instante.

—¡Puaj! —exclamó Ren a la vez que se cubría la cabeza.

El viento cesó tan súbitamente que buena parte de la arena se desplomó alrededor de los amigos, que acabaron en el centro de una especie de trinchera de más de medio metro de alto.

—¡Mira! ¡Deprisa! —ordenó Todtman—. Está cerca. El Observador no controla una mente como la suya. No se quedará más tiempo del necesario para identificar la amenaza…

Álex observó frenético las últimas filas de la multitud. Había un montón de gente ahora, la población de la pequeña aldea al completo. Casi todos estaban de pie, señalando y deliberando nerviosos con sus vecinos. Álex experimentó una fuerte sensación de que estaban familiarizados con la magia. Giró sobre sí mismo. Los curiosos que tenía más cerca le tapaban las últimas filas, que ya se estaban dispersando. Esas prendas que no dejaban nada a la vista lo ponían de los nervios. *¿Por qué no tendré miles de lentes en los ojos, igual que Aff Neb?*, se preguntó desesperado.

Ahora que ya habían visto de cerca a los forasteros armados con amuletos, las gentes del poblado se estaban desperdigando.

Voy a perder mi única oportunidad, se lamentó Álex. Tenía que concentrarse. No prestó atención a los ojos de las mujeres, ignoró los hombros, la forma de andar y cualquier otra marca que creía poder identificar. En vez de eso, se concentró en un único detalle.

Giraba y giraba sobre sí mismo, alargando el cuello para observar a los que quedaban. Y justo cuando creía que se desplomaría de puro mareo y desesperación, de tanto contener el aliento, vio algo.

—¡Allí! —gritó, cuando la mujer desaparecía por un callejón situado a veinticinco metros de donde él estaba.

—¿Dónde? —preguntó Ren—. ¿Cuál?

Álex saltó como pudo la pared de arena y echó a correr. Apenas la había distinguido y tampoco le había hecho falta, porque no había mucho que ver. Apenas la imagen fugaz de una abaya lisa y negra, indiscernible de las otras veinte que había por allí.

Sin embargo, había reparado en algo. Y tan pronto como cayó en la cuenta, todas las dudas que había albergado sobre si encontraría a su madre algún día se disiparon como niebla al sol del desierto. Cogió velocidad mientras se abría paso entre la multitud, sobresaltando a la gente que no lo veía venir y dejando atrás a sus amigos.

Un brazo intentó agarrarlo mientras corría entre la dispersa muchedumbre y otro, notó alarmado, trató de arrancarle el amuleto. Empujó con el hombro al primero y apartó de un manotazo al segundo. Mantenía los ojos fijos en el callejón, ahora más próximo, sin atreverse siquiera a echar un vistazo al potencial ladrón.

—¡Mamá! —gritaba ansioso con la voz rota—. ¡Mamá!

Se internó en el callejón tan deprisa que chocó contra la pared del fondo antes de tener tiempo de girar. Usó el impacto para rebotar hacia la buena dirección sin perder ni un instante. Se encontraba en un angosto paso entre dos de los edificios más grandes del pueblo y, en la otra punta del callejón, caminando a paso vivo, había una mujer vestida de negro.

Si la mujer llegaba al fondo, doblaría en cualquier sentido, se internaría en el siguiente callejón y volvería a hacer lo mismo. Por pequeña que fuera la aldea, su madre la conocía lo suficiente como para escapar, Álex estaba seguro.

Bajó la vista para esquivar la tapa de un cubo de basura y, cuando volvió a mirar al frente, la mujer había desaparecido.

Tonto, pensó. *Más que tonto.*

Volvió a gritar, ahora en un tono de voz empapado de desesperación.

—¡Mamá!

La había encontrado y la había perdido, y ahora ella sabía que estaban sobre su pista. Seguiría huyendo. Álex había recorrido miles de kilómetros solo para perderla por unos pocos metros. La llamó una última vez cuando se aproximaba al final del callejón.

Y en esta ocasión su tono delató algo más que desesperación. Respiraba tristeza; era la voz quebrada de un corazón partido.

Y tal vez por eso…

Porque no esperaba encontrar nada cuando llegara al final del pasaje, sucedió lo inesperado.

Vio a una mujer de espaldas a él, a punto de internarse en la siguiente calleja. Llevaba la cabeza envuelta en tela negra, pero Álex la reconoció de inmediato.

—¿Mamá? —dijo.

La mujer se dio la vuelta y se despojó del niqab que la ocultaba.

Y por primera vez en lo que se le antojaba una eternidad, Álex Sennefer vio a su madre. Todas sus dudas —si aún lo amaba, si estaba enfadada con él por todos los sacrificios que había hecho por su hijo— se esfumaron ante su sola presencia. Tras vivir varias semanas presa de una ansiedad que le estrujaba el pecho, como si le faltara el aliento a cada paso, respiró profundamente de puro alivio.

Una lágrima trazaba un camino oscuro en el polvo que ensuciaba la mejilla de su madre, una gota que tembló y se desprendió cuando ella se dirigió a él.

—No podía seguir huyendo de ti —confesó—. Ya no. No podía oír tu voz y seguir corriendo.

Álex quiso hablar, pero nada surgió de sus labios.

—¿Cómo me has reconocido? —le preguntó ella para ayudarlo a encontrar la voz, facilitándole la vida como siempre había hecho.

Nuevas vetas grises surcaban su melena, que se había recogido en un moño prieto y totalmente desmelenado al mismo tiempo. Álex bajó la vista y señaló. No supo si sería capaz de encontrar la voz hasta que lo hizo.

—He reconocido tus botas.

Una puerta en el suelo

No era la primera vez que Ren, tras doblar una esquina, encontraba a Álex fundido en un abrazo con su madre, desde luego que no. En la época en que su amigo era un niño siempre enfermo y la doctora Bauer una ocupada madre soltera, se abrazaban a menudo antes de separarse. Hacia el final de la vida de Álex —de su primera vida— esos gestos de cariño duraban más, puesto que nunca sabían con seguridad si se volverían a ver.

Ren les concedió un ratito mientras ellos se estrechaban con fuerza, los ojos cerrados al mundo de alrededor. Ni siquiera se habían percatado de la presencia de Ren. Se hallaban inmersos en la alegría del encuentro, indefensos. Y de improviso Ren notó que la embargaba un fuerte instinto de protección. Su mano izquierda buscó el amuleto del ibis. Los resguardaría de ese mundo hostil.

Sin embargo, mirando a su alrededor, pensó en sus propios padres sin poder evitarlo. Recordó los abrazos de despedida que había compartido con ellos en el aeropuerto. Tenía la sensación de que había pasado tanto tiempo… *Demasiado*. Las lágrimas inundaron sus atentos ojos y, por más que quisiera proteger a sus amigos, experimentó también una punzada de celos.

De modo que cuando Todtman dobló la esquina apoyado en su bastón, no intentó detenerlo. Lo conocía lo bastante bien como para saber lo que haría.

El anciano conservador observó la escena un instante, aguardó medio segundo y exclamó:

—¡Maggie!

La doctora Bauer estrechó a su hijo una última vez y cerró los ojos con más fuerza si cabe, como si quisiera prolongar el instante. A continuación los abrió y miró a Todtman por encima del hombro de Álex.

—*Guten Tag*, Ernst —lo saludó, y luego, con voz más queda—. Hola, Ren. Me alegro de verte.

Ren notó un cosquilleo en las orejas —avergonzada de que la hubieran pillado curioseando— y saludó con la mano.

—La Orden viene hacia aquí —respondió Todtman a modo de saludo—. Puede que ya haya llegado.

Maggie lanzó un profundo suspiro y asintió. A continuación soltó a su hijo para mirarlo. Álex alzó la vista hacia ella, todavía con los brazos extendidos en un abrazo que ya había concluido.

—¿Has creado tú el remolino de arena? —preguntó la doctora Bauer, ahora mirando el escarabeo que antes le perteneciera.

Álex asintió.

Ella le revolvió el pelo, algo que Ren la había visto hacer cientos de veces.

—Sabía que te las arreglarías bien con «el que retorna» —dijo—. Me alegro de que te haya protegido.

—¿Cómo sabías que podría usarlo? —preguntó Álex.

—Una vez, cuando eras pequeño, lo cogiste sin que me diera cuenta… y las ventanas del apartamento saltaron por los aires.

—¡Maggie! —la interrumpió Todtman—. ¿Los Conjuros están a buen recaudo?

Ella lo miró y asintió. *Entonces es verdad que los tiene,* pensó Ren.

—Sí —confirmó la doctora Bauer, en un tono de voz cada vez más tenso—. Tenemos que salir de aquí. Todavía no estoy lista.

—¿Lista para qué? —preguntó Ren mientras seguían a la doctora por el siguiente callejón.

Ella no contestó.

Álex correteó para alcanzar a su madre.

—Te he echado de menos —confesó en un tono tan quedo que prácticamente se perdió bajo el golpeteo regular de sus pisadas.

Ahora la doctora Bauer sí respondió:

—Ay, Álex, y a mí me gustaría que hubieras tardado un poco más en encontrarme… pero también te he echado de menos. Te dejé pequeñas señales para que supieras que te llevaba en el pensamiento. —La mente de Ren voló al Valle de los Reyes, a un antiguo nombre escrito a lápiz en un registro de visitas castigado por el sol—. Porque la verdad es que te he añorado cada momento del día.

La mujer los guió por la pequeña aldea, esta vez sin cubrirse la cabeza. El tiempo de esconderse había quedado atrás. Escapar era más urgente.

Al notar un picotazo en la delicada piel del cuello, Álex se propinó un manotazo.

—Oh, no —se lamentó antes de ver siquiera la mosca aplastada en la palma de la mano. Los insectos habían vuelto.

—Lo que ellas ven lo ve la Orden —sentenció Todtman mientras intentaba ahuyentar la revoltosa nube.

Se estaban acercando a una hilera de tres casas de ladrillos de barro cocido situadas en los márgenes del pueblo. Los muros eran gruesos, pintados de un azul desvaído, y las pesadas contraventanas de madera ahora estaban cerradas.

—Ahora verán —dijo Álex—. Voy a crear una corriente de viento. A lo mejor…

—No te preocupes —lo interrumpió su madre—. Déjalas.

Abrió la puerta de la primera casa.

—Adentro —ordenó con voz queda antes de volverse hacia su hijo—. Que no entren, Álex.

El chico asintió y echó mano del escarabeo. Una súbita ráfaga de viento repelió a sus minúsculas acosadoras mientras los amigos —y la familia— entraban muy apiñados y cerraban la puerta sin pérdida de tiempo.

—Esto, mamá —habló Álex, dirigiéndose a la sofocante oscuridad del interior—. ¿Quieres que te lo devuelva? El escarabeo.

Un farolillo de gas se encendió y la creciente llama reveló una rápida sonrisa en el rostro de su madre.

—Ahora no, osito malayo —respondió ella—. Pero date prisa.

Álex siempre se moría de vergüenza cuando su madre le dedicaba apelativos cariñosos, pero ahora mismo «osito malayo» le sonó a gloria. La mujer retiró una alfombra polvorienta que prácticamente constituía el único mobiliario de la cabaña. A la luz del fanal, Álex vio la trampilla del suelo.

—¿Qué es…? —empezó a preguntar Ren, pero la doctora Bauer ya se había arrodillado para estirar la trampilla hacia arriba y atrás.

—Callaos y seguidme —ordenó.

Álex oyó cómo Todtman echaba la pesada aldaba de hierro a su espalda para asegurar por dentro la puerta de madera maciza. Un instante después, Álex descendía detrás de su madre por una oxidada escalerilla que se hundía en la oscuridad. La arcilla arenosa mudó en arenisca cuando estaban a tres metros y medio de profundidad. Llegaron al fondo. Sorprendido, Álex se percató de que se hallaban en un túnel apenas lo bastante alto como para caminar erguidos. Agachándose un poco, echó a andar en línea recta, siguiendo el brillo del farol que portaba su madre.

Oyó a Todtman cerrar la trampilla tras ellos. Grumos de arena y arcilla rociaron a Álex mientras los demás echaban a andar bamboleándose como patitos en la oscuridad. El túnel no parecía demasiado estable, pero Álex llevaba semanas sin experimentar tanta seguridad y tranquilidad.

Cosa de unos veinte metros más adelante, llegaron a una segunda escala. *La segunda cabaña*, dedujo Álex. Haciendo caso omiso de la escalera, la doctora Bauer dio un pequeño rodeo y, sin abandonar el angosto túnel, siguió avanzando.

Por fin alcanzaron la tercera escala y ascendieron hacia la tercera y última choza.

—¿Cómo te las has ingeniado para excavar todo esto? —jadeó Álex a espaldas de su madre mientras trepaban.

—Casi todo el trabajo se llevó a cabo hace mucho tiempo —respondió ella—. Estas chozas se construyeron sobre un viejo yacimiento.

—¿Cuándo estudiabas en la universidad? —adivinó Álex.

—Sí. Las dejamos aquí para que nadie más se lo apropiase.

Empujó la trampilla hacia fuera. Para cuando Álex la cruzó, el suave fulgor de un fanal más grande ya iluminaba el recinto desde el techo.

Los demás emergieron de las profundidades como roedores del desierto mientras Álex echaba un vistazo a la única y sombría estancia de la cabaña. Había un escritorio, un catre, una jarra de agua, un viejo baúl y una mochila apoyada contra la pared. No vio los Conjuros, pero notó su presencia. Se le había acelerado el corazón y le zumbaba la cabeza. Puntitos y remolinos de luz le emborronaban la visión.

—¿Es así como te sientes cuando te bebes un gran tazón de café? —preguntó.

De tanto en tanto, las cambiantes luces convergían en un jeroglífico. Un refulgente anj, con el lazo que simboliza la vida en lo alto de la cruz, se dibujó delante de Álex. Le pareció tan real que alargó la mano para palparlo, pero no había nada allí.

—¿Qué estás haciendo? —se extrañó Ren.

—¿No lo has visto?

—Si he visto ¿qué?

—Los Conjuros Perdidos te dieron la vida —explicó la madre de Álex, nuevamente arrodillada—. Reaccionas a su presencia.

Abrió la tapa del viejo baúl y extrajo un objeto cuadrado de cuero negro. Álex reconoció el maletín que su madre llevaba al trabajo cuando tenía una reunión importante. Ella lo levantó con las dos manos y lo transportó por la habitación. Cuando lo depositó en el escritorio y abrió los cierres de latón —clic, clic— Álex experimentó la súbita necesidad de sentarse. Buscó una silla con la mirada. Solo había una, encajada debajo del escritorio.

La madre de Álex alzó la tapa del maletín y su hijo escudriñó el contenido a través de una galaxia de estrellas equivalente a la Vía Láctea. Vio un fino paño de lino, decorado con más jeroglíficos.

—¿Son los Conjuros Perdidos? —preguntó Ren.

—No —respondió la doctora Bauer—. Esos son los hechizos protectores que los mantienen ocultos. Esconden su señal mientras… los estudio.

—Has estado buscando la manera de reparar el daño —observó Todtman, que había atado cabos por fin—. De cerrar los portales sin…

Ambos se volvieron a mirar a Álex, que oscilaba como un tallo en mitad del vendaval.

—Sí —reconoció la doctora—. He estado buscando algún modo de reparar el daño que han provocado los Conjuros sin anular la magia que salvó a mi hijo. Pero se me ha acabado el tiempo.

Echó otro vistazo a Álex, cuya desordenada mente tan solo atinaba a formular un sencillo pensamiento: *¿Por qué mi madre parece tan triste?*

—Vigiladlo, por favor —pidió la mujer.

Tras eso, retiró la tela.

Álex vio cómo una rendija de luz amarilla se ensanchaba como una lenta sonrisa.

Y cayó redondo al suelo.

La muerte llama a la puerta

Álex había visto la jarra de agua que descansaba en un rincón; pero no esperaba acabar con todo el líquido empapándolo.

—¡Buf! —resopló al escupir parte del agua que le corría por la cara.

Se levantó y se secó los ojos con el antebrazo. Ahí estaba Ren, descollando ante él con la jarra en la mano. Álex no solía asociar la palabra «descollar» a su menudita amiga, y fue así como se percató de que estaba tendido en el suelo.

—Tenemos que irnos —se excusó Ren.

Álex se incorporó y buscó a su madre con la vista, presa de la idea súbita y aterradora de que todo hubiera sido un sueño. Pero el chichón de la caída le aclaró hasta qué punto era real, y entonces la vio junto al escritorio. Con sumo cuidado, guardaba en el maletín los Conjuros envueltos en sus paños de lino.

Una poderosa imagen asomó a su mente: su madre sentada al pequeño escritorio, tomando su té favorito y devanándose los sesos delante de los antiguos hechizos. Buscando algún resquicio, algún significado velado en aquellos jeroglíficos que le permitiera enhebrar la aguja, cerrar los umbrales abiertos al más allá sin dar portazo a la nueva vida de su hijo. *Siempre ha cuidado de mí*, pensó.

La mente de Álex regresó al presente y reparó en el bultito que asomaba en el paño sembrado de símbolos. No lo había visto la primera vez. ¿Habrá guardado algo mi madre junto con los Conjuros? Se incorporó un poco más para verlo mejor, pero, mientras lo hacía, la mujer cerró el maletín y se volvió a mirarlo.

—¿Estás bien, cielo? —preguntó—. Porque tenemos que irnos cuanto antes.

Él cabeceó como un muñeco, todavía atontado. Estaba bien… a medias.

—¡Salid ahora mismo! ¡Y entregadme los Conjuros! —gritó una voz que, muy a su pesar, Álex conocía de sobras—. Estáis completamente rodeados y no conseguiréis escapar.

Álex se quedó helado al oír la voz crispada de Aff Neb. Sin embargo, no sonaba tan cerca como cabía esperar. Estaba gritando, desde luego, pero a lo lejos.

—¿Dónde están? —preguntó Álex, que se levantó como pudo.

Pegado a la pared, Todtman espiaba por una rendija de la contraventana delantera.

—Han rodeado la choza por completo —aclaró—. Pero se han equivocado de casa.

Álex se encaminó a la ventana. Ahora que los Conjuros estaban a buen recaudo dentro del estuche, el pulso se le había normalizado un poco. Todtman se retiró para que Álex pudiera mirar por la rendija.

Plantado a unos cincuenta y cinco metros de allí y chillando amenazas en dirección a la primera cabaña (la misma que Álex y los demás acababan de abandonar por la trampilla) Aff Neb tenía más o menos el mismo tamaño que un muñeco de videojuego. A la misma distancia, un escuadrón de sicarios armados con rifles rodeaba la sencilla construcción como soldaditos de juguete. De vez en cuando, la nube de moscas que los envolvía formaba una visible bolsa negra en el aire antes de volver a desperdigarse y perderse de vista.

—No van a esperar mucho más —dijo Todtman.

Álex asintió con aire distraído. Estudiaba a los sicarios.

Los Guardianes del Amuleto habían revelado a la Orden el paradero de su madre; y de los Conjuros. Habían cometido el peor error. *Aunque, a lo mejor, en caso de batalla*, pensó, *podríamos ganar.* Poseían tres amuletos y la presencia de la madre de Álex no hacía sino sumar fuerzas.

Por desgracia, en aquel momento apareció un hombre que cambió la ecuación. Salió de entre la calima del desierto con su máscara dorada destellando al sol. El corazón de Álex dio un vuelco al despegarse de la ventana.

—El líder también está aquí —anunció.

Lo dijo sin dirigirse a nadie en particular, pero la doctora Bauer se volvió a mirarlo a toda prisa.

—¿Él está aquí? —preguntó.

Álex la miró de hito en hito, demasiado sorprendido como para responder. El tono que había empleado su madre —como si lo conociese, como si lo temiese— sugería que ya se habían visto antes. Pero ¿cuándo? ¿Dónde? Álex llevaba toda la vida en su compañía —los dos solos—, y sin embargo desconocía tantas cosas acerca de ella…

La voz del líder se propagó por el tramo de desierto, apenas un susurro cuando alcanzó los oídos de Álex, aunque en su cabeza atronó como un ladrido.

—¡Algo va mal! ¡Apartaos!

La orden iba dirigida a los pistoleros, pero el jefe emanaba tanta autoridad que Álex estuvo a punto de apartarse él mismo. Resistió el impulso y echó una última ojeada entre las contraventanas.

Sonó un crujido de madera rota cuando el cabecilla de la secta hizo pedazos la puerta principal con un solo gesto de la mano y se internó en la cabaña como si nada. Los sicarios entraron tras él en tropel. Álex los imaginó apuntando con los rifles a las cuatro esquinas de la desierta habitación. No tardarían mucho en encontrar la trampilla.

Un ruido más inmediato desvió su atención. El de alguien abriendo las contraventanas de la ventana trasera.

—Podemos salir por aquí —indicó la madre de Álex al tiempo que se agachaba para guardarse el maletín en la mochila—. Ahora nos buscarán en la segunda cabaña… o puede que se dividan y envíen hombres al túnel.

—Tenemos un coche —dijo Todtman—. En el centro de la aldea.

La doctora Bauer negó con la cabeza.

—Yo tengo una camioneta —replicó—. Y está más cerca.

Dicho eso, se dio impulso para saltar por la ventana con la agilidad de un ladrón.

Cuando los dos amigos se precipitaban hacia la ventana abierta para ayudar al alemán, viejo y menos ágil que la egiptóloga, a saltar, Ren se volvió hacia Álex.

—Esto… tu madre es muy ingeniosa, ¿no? —preguntó.

Álex no supo qué responder. Siempre había sabido que los sándwiches de queso caliente de su madre eran una porquería, pero ¿esto?

—Supongo —musitó.

A continuación, ambos se arrodillaron y unieron las manos para que Todtman las utilizara de estribo.

Ren era demasiado menuda para saltar por la ventana ella sola, así que Álex fue el último en salir. Cayó en las arenas en sombras, al otro lado de la pequeña choza. Su madre se volvió para mirarlo y, por enésima vez, Álex advirtió que la preocupación le dibujaba patas de gallo debajo de los ojos. No le gustó. Sabía que él tenía la culpa de que esas arrugas estuvieran ahí. Y ahora la doctora Bauer volvía a estar preocupada por él. Después de todos los problemas que le había causado. Después de haber dejado a su primo encerrado en una celda, en pleno desierto. Después de haberle mostrado a la Orden su paradero…

—Yo tengo la culpa —le susurró—. De todo lo que ha pasado. Te he puesto en peligro. —Los ojos de Álex echaron una ojeada fugaz al grupo que se acurrucaba delante—. Os he puesto a todos en peligro.

Su madre lo miró con tristeza.

—Cariño, no digas eso.

—Es la verdad —insistió él, prácticamente incapaz de mirarla a los ojos.

Ella le pellizcó la barbilla para atraer su mirada.

—No —objetó—. No es verdad.

Como Álex todavía evitaba sus ojos, empezó a hablar en tono suave y afectuoso.

—Cada cual ha tomado sus propias decisiones —explicó—. Yo escogí salvarte en aquella habitación de hospital. Sabía que corría riesgos, y los asumí. Tú solo eres responsable de lo que hiciste después de despertar. Y viniste a buscarme… para arreglar las cosas. Y eso —le sacudió la barbilla— me llena de orgullo.

—Nosotros también podíamos elegir —musitó Ren—. Eso intentaba decirte cuando escapábamos del foso. Tú no tienes la culpa de todo; y no eres responsable de nuestras decisiones. Todos podíamos elegir.

Álex le lanzó una mirada escéptica.

—Yo elegí viajar por medio mundo —prosiguió Ren, llevándose la mano al corazón. Por clara y categórica que hubiese sonado aquella afirmación, fueron sus siguientes palabras las que convencieron a su amigo. Esbozando una rapidísima sonrisa, Ren añadió—: ¿Desde cuándo hago lo que tú me dices? ¿Eh?

Acuclillado en la arena, Álex meditaba las palabras de las dos personas en las que más confiaba.

—Todos podíamos elegir —repitió, dándole vueltas a la idea. El peso que lo aplastaba lo abandonó, su carga se aligeró—. Supongo que podré vivir con eso.

La madre de Álex sonrió, pero solo un instante.

—No si nos quedamos aquí mucho más tiempo —le advirtió a la vez que le despeinaba el cabello—. ¡Ahora pongámonos en marcha! Tenemos que avanzar en línea recta. Quedaos al abrigo de las cabañas todo el tiempo que podáis. La camioneta no está lejos.

Una voz resonó en el desierto.

—¡No están aquí! —gritó el líder—. ¡Inspeccionad la siguiente!

La doctora Bauer atendió el sonido de la autoritaria voz y, por una vez, Álex no supo identificar la expresión de su rostro. Sin embargo, cuando el eco se apagó, la determinación retornó al semblante materno.

—Se dirigen a la segunda cabaña —dijo a la vez que se incorporaba—. ¿Preparados para echar a correr?

Álex echó un último vistazo al fresco refugio que ofrecía la sombra antes de encaminarse a los peligros que pudieran aguardar en el desierto. Pero algo le llamó la atención. La sombra ya no prestaba un tono grisáceo al grupo; un matiz rosado teñía a sus compañeros.

174

—No os vayáis —pidió una voz aguda y chirriante—. Quedaos un momento.

Álex supo a quién tenía delante antes incluso de alzar la vista.

Peshwar. El truco de las tres cabañas había engañado a los demás, pero la desalmada cazadora había olido su rastro.

Los esperaba cosa de tres metros más allá, contemplándolos por las cuencas de aquel cráneo blanqueado. En su mano brillaba una daga de energía escarlata. En cuanto la vio, a Álex le dolió en el codo el recuerdo de su mordisco.

Rápida como un látigo, la mano que sostenía esa daga rojo sangre tomó impulso y se precipitó hacia delante. Álex y Ren esquivaron el ataque, Todtman y la doctora Bauer hicieron lo mismo, y el violento proyectil se estrelló contra la pared del fondo con una explosión semejante a un trueno.

Álex notó en la espalda una lluvia de fragmentos de barro, pero más que eso lo inquietó el estrépito. Sabía que se propagaría por el desierto… y alertaría a las fuerzas de la Orden.

Mientras rodaba para ponerse de pie, oyó los gritos de los hombres que ya corrían hacia ellos y los chasquidos y los repiqueteos metálicos de los rifles al amartillarlos. Los cazadores estaban en camino. Si los amigos querían escapar, si querían impedir que el infinito poder de los Conjuros cayera en manos de sus perseguidores, tenían que actuar ya mismo.

Todos podemos elegir, pensó Álex. *Y yo elijo luchar.*

La mano de Álex rodeó el amuleto con fuerza. Las alas del escarabajo se le clavaron en la palma, apenas un atisbo del dolor y el peligro que se avecinaban. Se dio media vuelta para plantarle cara a la mortífera leona.

Peshwar desplazó la mano hacia abajo y otra daga de energía empezó a crecer entre sus dedos con un fuerte chisporroteo. Igual que un pistolero del salvaje Oeste, Álex era consciente de que la leona disparaba más deprisa. Pero la mano de Peshwar seguía en reposo mientras que la de Álex ya ascendía. Sus dedos dibujaron una lanza.

La racha de viento concentrado salió disparada con la fuerza de diez mazos de demolición, pero esta vez fue Peshwar quien la esquivó ágilmente. Su túnica escarlata refulgió cuando se tiró al suelo y rodó por la arena. Al cabo de un instante ya se estaba levantando… ¡y liberando su daga!

No voló hacia Álex sino directamente hacia Todtman. Y el anciano no era ni de lejos tan ágil como ella.

—¡No! —gritó Álex.

Todtman sostenía su amuleto con una mano mientras que con la otra sujetaba el bastón escoba. Careciendo del tiempo y la agilidad necesarios para esquivar la daga, blandió el bastón como un bate de béisbol. Los alemanes no son famosos precisamente por sus dotes para este deporte, pero el torpe bateo acertó a pesar de todo. La madera estalló en su mano.

Todtman lanzó un explosivo grito de dolor —¡Aaaghk!— y se desplomó en el suelo.

Álex no sabía hasta qué punto lo habían lastimado… y no tenía tiempo de preguntar. Abrió los dedos para que su siguiente golpe de viento fuera más difícil de esquivar. Pero antes de lanzar la ráfaga se aseguró de que Ren y su madre se encontraran a cubierto.

Y fue entonces cuando Ren liberó otro potente fogonazo de luz blanca. Peshwar, que no la miraba y tenía los ojos protegidos tras las cuencas de la máscara, apenas si se percató. Álex, en cambio, estaba en mitad de una sombra, mirando en esa dirección.

—¡Aaagh! —balbuceó, súbitamente cegado.

De modo que únicamente oyó el descenso de las moscas.

Millones.

El bullicioso enjambre de cuerpecillos acorazados y alas en movimiento se le antojó tan denso y tumultuoso como las olas que rompen en la playa.

Álex sabía lo que se jugaban, comprendía la clase de poder antiguo y maldad moderna a los que se enfrentaban. No luchaban únicamente por sus propias vidas sino por el destino del mundo entero.

Y estaban perdiendo la guerra.

Los insectos lo rodearon —revoloteando, mordiendo— y el único sonido más alto que su zumbido era el ardiente chisporroteo de la daga de energía que se aproximaba.

Pleamares de la guerra

Álex fue derribado violentamente milésimas de segundo antes de que la daga de energía impactara. En lugar de alcanzarlo, el proyectil arrancó otro fragmento de la pared del fondo. El chico aterrizó de bruces con un trompazo que lo dejó sin aliento. Abrió la boca para respirar y aspiró arena... e incluso eso fue mejor si cabe que la bocanada de moscas. Las notaba revoloteando a su alrededor. Ni siquiera se atrevió a abrir los ojos para averiguar quién lo había salvado.

Las moscas le picoteaban la nuca sin cesar. Y el pestazo era todavía más insoportable. La daga de energía había achicharrado un montón de moscas a su paso. Los bichos asados olían tan mal que le entraron ganas de vomitar.

El escarabeo, pensó. *Como mínimo, puedo levantar algo de viento y deshacerme de esas chupasangres.*

Por desgracia, cuando buscó el amuleto, no encontró nada. Se toqueteó el cuello y el pecho con furia. *¡Oh, no, no, no!* Se palpó la nuca, devastada por los bichos. Comprendió horrorizado que lo peor del ataque no habían sido los picotazos, sino el roce de la cadena de plata al soltarse.

178

—¡Que no lo use! —oyó—. ¡No dejéis que se lo ponga!

Las dagas de energía volaron una tras otra en una ráfaga veloz —crack, chas, boom— y luego sonó un estrépito más potente.

Mucho más potente.

¡BRRROOOM!

El trueno había sonado tan cerca que hizo que a Álex le castañetearan los dientes. Apenas se estaba incorporando cuando una lanza de salvaje aire volvió a derribarlo. De golpe y porrazo, las moscas habían desaparecido y la tormenta había estallado.

Álex abrió los ojos en mitad de un chaparrón.

Un rayo restalló en lo alto.

Su madre había recuperado el escarabeo.

Los acólitos de la Orden habían fracasado. Contempló asombrado cómo ella se erguía entre él mismo y los atacantes. Álex llevaba varios meses invocando al viento que precede a la lluvia con ayuda del escarabeo. Su madre había invocado a la propia lluvia.

Ren corrió hacia él.

—¿Estás bien? —le preguntó.

Los cuerpos de los insectos que Álex había conseguido espachurrar resbalaban por su piel.

—Creo que sí —contestó—. ¡Mira!

Delante de ellos, Todtman se incorporaba de un salto. Álex se fijó en sus ojos. Habían cambiado. Ahora parecían dos gemas relucientes, iguales a los del halcón de su amuleto, pero ampliados.

Se plantó junto a la madre de Álex, codo con codo, mientras el viento rizaba la espalda de su camisa blanca.

Peshwar y Aff Neb se miraron antes de retroceder un tembloroso paso. Álex y Ren eran Guardianes novicios, que aún trataban de adivinar qué poderes les prestaban el escarabeo y el ibis, pero ahora tenían delante a dos expertos. Sus poderes parecían retroalimentarse mutuamente, y el cielo egipcio rugió encantado.

¡BRRRROM!

Cuando un fogonazo de luz amarilla prendió los nubarrones que se agolpaban en el cielo, Álex experimentó un atisbo de esperanza. Los lugartenientes de la Orden parecían intimidados, casi hipnotizados por aquella exhibición de poder, pero media docena de hombres armados rompieron el hechizo rodeando la vieja choza.

La doctora Bauer se volvió hacia la nueva amenaza. Los pistoleros, con las armas en ristre, las soltaron de golpe y porrazo para ponerse a cubierto. Álex no sujetaba ningún trozo de metal, pero notó igualmente la repentina electricidad del aire. Le sujetó la mano a Ren y, juntos, los dos chicos buscaron refugio en el destrozado muro.

En esta ocasión, el rayo cayó en las inmediaciones de los hombres postrados a campo abierto. Se agitaron y se convulsionaron como pescados en la sartén antes de rodar y abrazarse los doloridos cuerpos. La arena ofrece un aislante natural, pero la tierra estaba mojada y, aun lejos de la descarga, Álex notó la misma corriente en la boca que si hubiera chupado una pila. Se volvió a mirar a Ren, cuya empapada melena oscura se había disparado a su alrededor como un enorme diente de león.

Aff Neb se lanzó al ataque, pero antes de que hubiera avanzado tres pasos ¡empezó a atacarse a sí mismo! Se golpeaba la cabeza, primero con un puño y luego con el otro. Álex hizo una mueca de dolor al ver cómo el puño izquierdo de Aff Neb se estrellaba contra su prominente ojo derecho. Los ojos de Todtman refulgían como joyas mientras el anciano orquestaba la paliza.

Peshwar probó suerte a su vez agitando la mano para invocar otra daga de energía. Pero tan pronto como apareció el resplandor, la corriente rojiza parpadeó y perdió intensidad en su mano empapada de lluvia. Incluso a la luz mortecina de aquel cielo plomizo, Álex se percató de que los ojos de la leona observaban a su madre con atención detrás de las cuencas del cráneo.

Ren también se dio cuenta. Detrás de la madre de Álex, un poco desplazada a su izquierda, la joven guardiana alzó la mano y unió los dedos. Álex bajó la vista y la desvió.

¡FWOOOP!

La brillante luz blanca inundó el oscuro día… y los ojos fijos de Peshwar.

—¡Aaghh! —farfulló esta y la daga de energía se apagó en su mano.

Tras un último golpe a su propia mandíbula, Aff Neb se desplomó a pocos pasos de su chorreante y ciega compañera. Unos veinte metros más allá, los pistoleros todavía se retorcían de dolor mientras sus armas chisporroteaban sobre la arena mojada.

En cuestión de minutos, las mareas de la guerra habían cambiado por completo. Álex se despegó como pudo de la vieja pared, que súbitamente era menos ladrillo y más barro, y contempló el campo de una batalla que parecía ganada. Una dicha y un alivio que llevaba mucho tiempo sin experimentar empezaron a adueñarse de él.

Sin embargo, había olvidado a uno de los enemigos.

Caminando con parsimonia, el líder ocupó un primer plano. La orilla de su gruesa túnica ceremonial flotaba a pocos centímetros del terreno empapado de lluvia, pero su lenguaje corporal transmitía con absoluta claridad que se sentía muy por encima de todo aquello. A la pálida luz de la tormenta, su máscara dorada de buitre se veía empañada y temible. El pico de hierro se había tornado de un negro insondable. Álex cogió aire para gritar una advertencia. Pero antes de que pudiera hacerlo, algo lo paralizó.

No podía hacer nada más que mirar fijamente a su madre que, al igual que Todtman, solo estaba pendiente de Peshwar. La poderosa cazadora parecía ahora un triste gato mojado con las manos de largas uñas extendidas como garras y la túnica pegada al esquelético cuerpo.

¡Daos la vuelta!, gritaba Álex mentalmente con todas sus fuerzas. *¡Detrás de vosotros!*

Cautivo del poder del jefe, deseaba con toda su alma recuperar la capacidad de moverse... Y luego, de sopetón, se movió.

Y entonces deseó con toda su alma dejar de hacerlo.

Los pies lo arrastraban hacia delante, con pasos torpes y pesados al principio, pero cada vez más raudos a medida que el líder se familiarizaba con aquel nuevo instrumento. A su lado, Ren hacía lo propio. O más bien era objeto de la misma maniobra. Álex oía sus pasos en la tierra húmeda.

¡No, no, no!, pensó.

Pero nada podían hacer. Corrían directamente hacia los demás. Álex notaba su propia respiración, mecánica y regular, y sin embargo no lograba pronunciar ni una sola palabra. *Cuidado, mamá*, repetía para sus adentros. *¡Cuidado!*

No fueron sus pensamientos los que alertaron a la doctora Bauer, sino sus pegajosos pasos.

Todavía pendiente de Peshwar, la madre de Álex echó un breve vistazo hacia atrás.

Demasiado tarde.

Las piernas de Álex ya se doblaban —¡NO!— para saltar por el aire.

Mientras se abalanzaba contra la doctora Bauer, notó cómo el líder aflojaba la presión de improviso. Álex hizo cuanto pudo por atenuar el impacto, doblando el cuerpo en pleno salto, pero fue demasiado tarde. Alcanzó a su madre a la altura de la cintura con un brutal placaje que la derribó entre salpicaduras de barro. La doctora perdió el escarabeo cuando alargó instintivamente la mano no para protegerse a sí misma, sino para proteger a su hijo.

Todtman vio acercarse a Ren, pero no comprendió la amenaza.

—¿Ren? —dijo, y el brillo de las gemas se apagó en sus ojos. La chica se abalanzó contra él —a su pesar— y lo golpeó de lleno en las piernas. El anciano aulló como un perro apaleado cuando Ren le alcanzó la pierna mala, y ambos se desplomaron.

El trueno se apagó y la lluvia cesó.

—¡Perdón! ¡Lo siento! ¡Lo siento! —repetía Álex mientras rodaba. Los cuatro habían caído amontonados en el barro y ahora se contorsionaban para desenredarse y sentarse. Álex alzó la vista para comprobar si su madre se había hecho daño o estaba enfadada—. ¡No he podido evitarlo!

En lugar de ver ira en su semblante, atisbó un destello de confusión, que daba paso a un fulgor más constante. Una luz rosada la inundó. La madre de Álex buscó a toda prisa su escarabeo, pero se detuvo en seco cuando el extremo de una nueva daga de energía le rozó la nariz.

—No —ronroneó Peshwar.

Y a medida que las nubes sobrenaturales desaparecían en el cielo y el fuerte sol del desierto volvía a asomar, una segunda sombra oscureció al grupo.

El líder observaba el caos sin pronunciar palabra.

Álex oyó cómo alguien abría la trampilla de la cabaña. Casi al instante, los sicarios que quedaban salieron corriendo como hormigas de un hormiguero desplomado. Apuntaron con los rifles a los derrotados Guardianes del Amuleto.

—Los Conjuros, por favor —pidió el jefe, rompiendo así el pesado silencio.

183

—No los tenemos —dijo Todtman, que se sentó y miró a los pistoleros como si los desafiara a dispararle.

El líder lo miró con aburrimiento.

—¿Con quién te crees que estás hablando, Ernst? —le espetó.

Ren estaba sentada a la izquierda de Todtman. Álex captó su atención y articuló sin sonido: «¿Ernst?»

—Sé muy bien con quién estoy hablando —aseveró el caballero alemán.

—En ese caso, ya sabes que no me puedes mentir —replicó el líder. Escudriñó el semblante de Todtman y, por lo visto, descubrió algo en él. Se volvió hacia la doctora Bauer—. La mochila, por favor.

—¡Mamá, no! —gritó Álex, pero ella ya se estaba despojando de la mochila para ofrecerla. El chico distinguió los bordes cuadrados del maletín a través de la tela.

Uno de los sicarios se agachó y echó mano de la bolsa. Álex lo fulminó con la mirada cuando el esbirro la abrió de mala manera para extraer el maletín.

—Tráemelo —ordenó el líder.

Desesperado, Álex miró a su alrededor, buscando alguna vía de escape. Pero estaban rodeados de enemigos. Los ojos del jefe brillaron bajo la máscara cuando el pistolero le ofreció el maletín.

—¿Están ahí dentro? —preguntó una voz conocida. Álex adivinó, en parte por el pestazo y en parte por el timbre de la voz, que Aff Neb se acercaba, ya recuperado.

—Sí —respondió el líder—. Noto su poder.

Álex se volvió hacia su madre, listo para seguir sus indicaciones. Ella, sin embargo, se llevó la mano al bolsillo de los pantalones.

¡Chac! ¡Chac!

El líder retiró los cierres y todos los ojos, incluidos los de Peshwar, se posaron en el maletín. Solo Álex vio cómo su madre se extraía una bolsita de plástico de los pantalones y retiraba un pequeño artilugio negro del interior.

El pulso del chico se aceleró y la cabeza le dio vueltas cuando el jefe de la secta abrió despacio el maletín. Pese a todo, Álex estaba decidido a no perder la consciencia esta vez. Ahí pasaba algo raro. Una imagen cruzó su mente: su madre doblando los paños protectores por encima de los conjuros, un bultito apenas visible…

El bulto era algún tipo de explosivo. ¡La madre de Álex destruiría los Conjuros antes que entregarlos!

—Hay algo ahí dentro —exclamó el líder en tono alarmado. Retiró el paño de lino y Álex se tambaleó mareado. De no haber estado ya sentado sobre la arena mojada, se habría desplomado, seguro. Sin embargo, a pesar del poderoso influjo que los Conjuros ejercían sobre él cuando no estaban protegidos, luchó por mantener los pesados párpados abiertos.

La doctora Bauer levantó el pequeño mando de control remoto.

Aprieta el botón, pensó Álex. *¡Aprieta el botón ahora!*

No obstante, ella titubeaba. Durante unos instantes, Álex la vio doblar el pulgar sin llegar a apretar… y entonces perdió la ocasión.

El líder se dio cuenta de lo que estaba pasando. Tendió la palma de la mano y el pequeño artilugio salió volando de la mano de Maggie hacia él. El jefe de la Orden lo tomó con cuidado entre las suyas, como si fuera un huevo. Al poco, el aparatito desapareció entre los oscuros pliegues de su túnica.

—Quitadles los amuletos.

Álex, que seguía atontado, vio cómo Peshwar extraía el escarabeo de entre los dedos de su madre al mismo tiempo que Aff

Neb hacía lo propio con el halcón de Todtman y el ibis de Ren. Agachó la cabeza con ademán impotente y derrotado. El líder siguió contemplando la escena con mucha atención hasta que tuvo los amuletos a buen recaudo. Entonces sacó una cajita plateada del maletín y la tiró sobre la arena.

—Un artilugio incendiario —anunció cuando la cajita aterrizó con suavidad. Observó los conjuros largo y tendido, con avidez, antes de añadir—: Son preciosos.

Volvió a taparlos y cerró el maletín. Ahora que los hechizos volvían a estar escondidos, la mente de Álex empezó a aclararse. Se inclinó hacia su madre y le susurró:

—¿Por qué no lo has apretado?

Ella agachó la cabeza.

—No he podido.

—Se ha pasado toda la vida buscándolos —los interrumpió el líder en un tono atronador que parecía burlarse de sus susurros—. El hallazgo más importante en toda la historia de la arqueología. No es fácil destruir algo así.

—Por contra —repuso ella, todavía cabizbaja—, he destruido el mundo.

—No seas tan dramática, Maggie —replicó él. La última palabra retumbó en la mente de Álex como el postrer eco de un trueno. *Maggie... ¿Quién era aquel hombre que tan bien conocía a Todtman y a su madre?*—. El Reino Final no va a destruir el mundo. Sencillamente renacerá transformado en otra cosa. Tú deberías saberlo mejor que nadie.

La madre de Álex alzó la vista por fin para mirar a la cara al hombre que se burlaba de ella.

—En un mundo muerto en vida, pues, gobernado por tiranos.

Lo dijo en un tono tan triste y derrotado que a Álex se le partió el corazón.

—Tú no tienes la culpa —le dijo, buscando el modo de consolarla—. Él me ha obligado a correr hacia ti. No he podido evitarlo.

La madre de Álex lo miró con los ojos inundados de ternura, si bien sus eternas arrugas de preocupación eran ahora más profundas que nunca.

—Ya te lo he dicho —reprendió a su hijo—. No te culpes.

—No, no te culpes —terció el líder, que no dejaba de inmiscuirse en la conversación—. Hiciste lo que te ordené. Pero, claro, los hijos deben obedecer a su padre.

Álex miró al hombre de hito en hito.

—¿Qué? —oyó decir a Ren. El chico dejó de mirar al líder y clavó los ojos en su madre otra vez, buscando confirmación.

—Álex, cielo… —empezó a decir ella, pero no supo cómo continuar. Instantes después, el tiempo de las charlas se dio por terminado. A punta de pistola, los esbirros de la Orden les obligaron a ponerse de pie. Álex notó el cañón de un rifle en la espalda y obedeció a regañadientes.

A un par de metros de allí, Ren ayudaba a Todtman a levantarse. Empapados y machacados, los Guardianes agacharon la cabeza en actitud de derrota.

Álex volvió la vista hacia el líder, el hombre que afirmaba ser su padre y cuyo rostro jamás había visto. El hombre que no había dudado en sacrificarlo en el foso. Se preguntó si ahora los mataría a todos.

La Orden tenía cuanto quería: los amuletos y a sus Guardianes; los Conjuros Perdidos y su poder. Los Caminantes de la Muerte retornarían; los colosos se alzarían. No existía en el mundo poder capaz de detenerlos.

Álex notó el cañón del arma de nuevo clavado en la espalda.

Echó a andar arrastrando los pies. ¿Qué otra cosa podía hacer?

187

PUCK

AVALON

Libros de *fantasy* y *paranormal* para jóvenes con los que descubrir nuevos mundos y universos.

LATIDOS

Los libros de esta colección desprenden amor y romance. Ideales para los lectores más románticos.

LILIPUT

La colección para niños y niñas de 9 a 14 años, con historias llenas de aventuras para disfrutar de verdad de la lectura.

SERENDIPIA

Una serendipia es un hallazgo inesperado y esto es lo que son los libros de esta colección: pequeños tesoros en forma de historias contemporáneas para jóvenes.

SINGULAR

Libros *crossover* que cuentan historias que no entienden de edades y que puede disfrutar tanto un niño como un adulto.

¿Cuál es tu colección?

Encuentra tu libro Puck en:
www.mundopuck.com

🐦 puck_ed
f mundopuck

ECOSISTEMA DIGITAL

Alfabeto Jeroglífico